Changement de cap

Changement de cap

Yvain Remeuf

©2016, Yvain Remeuf

Edition : BoD – Books on Demand

12/14 rond-point des Champs Elysées, 75008 Paris

Imprimé par Books on Demand GmbH, Nordestedt, Allemagne

ISBN 9782322113477

Dépôt légal : Septembre 2016

Tous mes remerciements à Fabienne Remeuf et Marie-Andrée Ducassé pour leurs corrections, ainsi qu'à Ghislaine Remeuf pour le graphisme de couverture

1ère partie

Chapitre 1

Vu du ciel, cette petite île de quelques km², n'avait rien de réjouissant. Escarpement rocheux et menaçant dressé comme une épine sur la peau grise et lisse de l'Atlantique. On savait, en y posant un pied, qu'elle avait tout à envier aux îles paradisiaques de carte postale. Le port y était minuscule, quelques barques de pêcheurs s'alignaient sur une plage aussi étroite qu'un chemin et une grappe de petites maisons grignotait le flan ouest de la montagne. Ça sentait la solitude et le désœuvrement. Il n'y avait pas beaucoup de jeunes ici. Aucun d'ailleurs. Avec ses trente-cinq ans, Roland Stingfall était le benjamin. Il constituait à lui seul toute la jeunesse des soixante-six habitants.

Par beau temps, le rivage essaimait ses minuscules chaloupes. Les hommes partaient au large sans jamais se presser et y pêchaient quelques cabillauds et sardines. En fin d'après-midi, lorsque la flottille revenait occuper la plage, un caboteur chargé des prises de la journée, partait vers le continent. Ce rythme était immuable presque millénaire.

Les habitants ne disposaient que de deux bâtiments publics. La pêcherie et le bar. Ce dernier faisait aussi office de magasin d'alimentation, d'outillage, de pharmacie et même de parfumerie !... Un vieux fou s'était mis en tête de vouloir concurrencer le célèbre *"Chanel n°5"* à partir d'une base faite de graisse de poisson et d'algues. Ses flacons bataillaient leur espace sur une étagère avec des boîtes de vis et de clous à tête plate.

Cette île dépeuplée fourmillait de "gentils illuminés". Chuck préparait la défense du territoire, car, disait-il *"Ces coco d'Européens nous envahiront un jour, vous verrez !"*. Son projet était d'édifier une muraille de pierre autour de l'île. Sa tâche était colossale. En onze années, il n'avait construit qu'une dizaine de mètres d'un muret de deux mètres de haut sur un total estimé à quinze km. Diana, l'ancienne institutrice, voulait créer un centre universitaire. Elle avait commencé par la construction d'une bibliothèque. Un bâtiment de bric et de broc qui accueillerait selon elle des étudiants du monde entier.

Chaque insulaire laissait libre court à son imagination, sans se soucier du pragmatisme de leur entreprise. Liés par un sentiment partagé que leur petit bout de terre agonisait lentement et surement, ils palliaient le manque cruel de divertissements et rompaient ainsi la lassitude de leurs journées indiscernables.

Roland Stingfall était l'un d'entre eux. Sa maison se trouvait de l'autre côté de l'île - rien que cela en disait long sur lui - totalement isolée du village mais fièrement cramponnée en face de l'Europe. Il était le plus solitaire de tous. Il parlait peu mais était d'une extrême gentillesse. Râblé, visage rond, yeux d'un bleu très cristallin, des cheveux bruns toujours en bataille, il était né d'une famille nombreuse, seul à être resté dans la maison familiale et à y perpétuer le savoir-faire ancestral : la pêche. Roland n'avait jamais été à l'école mais ses parents lui avaient appris à lire, à écrire et à compter. Il allait de temps à autre au

13

village, lorsqu'il avait pêché plus de poissons qu'il ne lui en fallait ou bien pour se ravitailler d'une boite de clous, de sucre candi ou de quelques autres denrées rares.

Ce matin-là, le soleil miroitait sur la surface d'une eau si lisse qu'elle en paraissait épaisse. Tout était étrangement calme. L'ilien appréciait particulièrement ces moments de quiétude. Mais ces derniers temps, il n'était pas tout à fait lui-même. Il restait des heures sur le pont de son bateau à scruter l'insondable profondeur de l'océan. Roland avait aperçu quelques jours auparavant une étrange lumière bleue au fond de l'eau, pareille aux énigmatiques créatures luminescentes des hauts fonds nées d'un livre illustré de son enfance. Le genre de fascinantes découvertes que l'on fait petit et que l'on n'oublie jamais. Parti inhabituellement tôt ce matin, Roland était plus excité que jamais. Il remonta son filet avec vivacité.

Ce jour-là, personne ne le vit au port.

Chapitre 2

Stéphanie était au bord de la dépression. Elle avait ressenti un besoin impérieux de se ressourcer dans un endroit désertique. Peu importe où.

Elle partit en baroudeur, duvet et sac à dos, en prenant soin, non sans appréhension, d'oublier son téléphone portable et débarqua sur l'île aux "gentils fous". Bien qu'elle se soit préparée à plonger dans un monde dépourvu d'artifice, elle fut tout de même décontenancée par la précarité des habitations et le manque de structures touristiques.

Stéphanie resta un moment sur le quai à observer les hommes décharger paisiblement le navire de ses caisses en bois. Sur le côté, un amoncellement de boites en polystyrène blanc - sans doute du poisson - attendait que la cale soit vide pour y être entreposé. Puis elle se dirigea vers ce qui semblait être un café.

Il n'y avait personne. L'intérieur ressemblait à un grenier où l'on entasse comme un fil d'Ariane, ses souvenirs jour après jour. Il ressemblait aussi aux petites épiceries de son enfance bretonne où le patron

15

cumulait plusieurs métiers. C'était ahurissant, presque comique de voir des tubes d'aspirines côtoyer des paires de bottes en caoutchouc, des savons garnir un lot de casseroles. Elle dénicha un paquet de gâteaux secs et puisqu'il faisait beau et bon, s'installa à une petite table à l'extérieur.

Le petit caboteur rempli de morues prenait le large. Les hommes avaient terminé leur travail. Ils revenaient d'un pas lourd et défilèrent devant Stéphanie en lui jetant un coup d'œil méfiant, telle une procession silencieuse qui aurait fait la joie d'un moine cistercien. Un peu surprise et avant qu'ils ne se soient tous engouffrés à l'intérieur du café, Stéphanie les interpella :

- Bonjour messieurs !
- D'où venez-vous ? Votre accent est bizarre, répondit Chuck le bâtisseur.
- Je suis de Chicago mais native d'Europe.

Le sang de Chuck se mit à bouillir instantanément.

- J'en étais sûr ! Je le savais. Vous voyez les gars hein ? Qu'est-ce que j'vous avez dit hein ? C'est l'avant garde, les éclaireurs... Y'a pas une minute à perdre !

Chuck s'enfuit jambe au cou en direction de son mur. Stéphanie en resta bouche bée.

- Ne vous inquiétez pas m'dame. Il n'est pas méchant. Il n'aime pas les cocos mais il ne ferait pas d'mal à une mouche. Quoique... il n'aime pas les mouches non-plus, intervint un gros monsieur légèrement acerbe et après une petite hésitation.

Les hommes se mirent à rire copieusement.

- Que puis-je faire pour vous ? continua-t-il.
- Serait-il possible d'avoir un café ? J'ai pris également ce paquet de gâteaux.
- Pas de problème, je vous apporte ça.

Depuis son arrivée, les autochtones observaient Stéphanie discrètement. Les étrangers étaient rares et faisaient toujours l'objet d'une grande suspicion. Les hommes étaient entrés à l'intérieur. Quelques minutes après, le gros monsieur revint avec un bol et une cafetière.

- On ne voit pas souvent de nouvelle tête ici, que venez-vous donc faire sur notre île ? questionna-t-il.
- Me reposer surtout. Je fuis la foule de Chicago, le

17

temps d'une petite semaine.

- Hum... il n'y a pas grand-chose à faire ici vous savez, dit-il dubitatif.

- C'est très exactement ce que je recherche. Mais dites-moi, est-ce qu'il y a un hôtel au moins ?

- Un hôtel ?! Ah ah... non !

- Une auberge, quelqu'un qui pourrait me loger, un camping ?

- Rien de tout cela m'dame, et je ne vois personne qui pourrait vous accueillir. Nos maisons sont trop petites.

Stéphanie commença à s'inquiéter un peu. Cette retraite s'avérait plus difficile qu'elle ne l'avait imaginé. Une voix s'échappa de l'intérieur du capharnaüm :

- Il y aurait p'être la maison du Rol.

- Ah oui tiens ! C'est p'être pas une mauvaise idée ça, s'exclama le serveur et de continuer :

- C'est la plus grande maison de l'île. Roland y vit seul, ce serait bien le diable qu'il n'ait pas de place pour vous. Bah... c'est un jeune loup solitaire mais il est brave. Hein James ? Tu devrais en prendre de la graine, hurla le serveur à l'intention de l'auditoire tapit à l'intérieur du café.

- Va te faire foutre Jean ! Et fou moi la paix ! Je me suis p'être un peu emporté hier mais c'était justifié.
- Pfft... à d'autre. Tu nous fais chier avec tes crises d'urticaire.
- Ouai, ouai, ben l'poisson faisait deux mètres j'te l'dis !
- Pourquoi pas cinq ou dix ? Bon, enfin bref, la dame n'en a que faire de ton poisson de vingt-deux mètres, on va pas remettre ça. Excusez-nous m'dame. Moi c'est Jean et vous ?
- Stéphanie Burn - elle se redressa légèrement pour serrer la main du pachyderme - Ou puis-je trouver cette maison ?
- C'est très simple mais il vous faudra marcher. Elle se trouve de l'autre côté de l'île. Vous voyez ce chemin, là ? Ici, là... derrière l'église vous voyez ?
- Heu... oui, j'aperçois l'église, dit Stéphanie en se levant.
- Bon, ben donc, vous le prenez et c'est toujours tout droit. Vous faites cinq km et hop. Si vous la loupez c'est que vous avez un sérieux problème. C'est la seule maison et elle est toute rouge.

- Rouge ?

- Ouai, rouge coquelicot. En arrivant, observez bien le rivage - il regarda sa montre - Si vous ne voyez pas son rafiot, il est aussi rouge que sa maison, c'est qu'il est à la pêche.

    Une nouvelle voix s'exprima de l'intérieur :

- Faudrait pas qu'il s'mette à siphonner du gros rouge le Rol, il d'viendrait invisible sur son bateau !

    Tous rirent aux éclats.

- Bon enfin, Chuck le surveille de près à cause de la couleur mais vous verrez, c'est un bon gars.

- Merci bien, dit Stéphanie ravie de cet échange exotique.

    Elle termina son café, remercia le propriétaire des lieux et s'engagea sur le chemin côtier. Celui-ci était plat, aussi arriva-t-elle assez rapidement de l'autre côté de l'île. Ce n'est qu'après avoir dépassé le dernier virage que la maison de Roland jaillit dans le paysage. Un spectacle franchement stupéfiant. Le bâtiment était comme une gigantesque pivoine plantée au cœur de la forêt. Il était d'un rouge lumineux. En s'approchant on pouvait constater qu'absolument tout avait été peint, des escaliers à la cheminée, comme si l'on avait plongé la maison entière dans une citerne de peinture de telle sorte qu'elle semblait, n'être constituée que d'une seule pièce.

Comme il n'y avait personne à l'intérieur et qu'aucun bateau n'était amarré au ponton du bord de mer, Stéphanie s'installa sur un rocher en face de l'océan. Il faisait encore beau et chaud à cette heure. Elle laissa le soleil et la petite brise lui caresser le visage. En fermant les yeux, le murmure des vagues envahit tout son être. Quel contraste avec sa vie urbaine ! Elle somnola ainsi un long moment.

Une ombre masqua la lumière, Stéphanie ouvrit brusquement les yeux et sursauta. Un homme était planté devant elle. Il était de petite taille mais bien charpenté. Il recula.

- Excusez-moi, je ne voulais pas vous faire peur, dit-il timidement.

Sa voix douce rassura immédiatement Stéphanie.

- Ce n'est rien. Vous m'avez surprise dans ma somnolence. Êtes-vous M. Stingfall ? Roland

21

Stingfall ?

- Oui, c'est moi.

- Je vous attendais. Ce sont les gens du village qui m'ont proposé de venir vous voir. Je viens passer une semaine sur votre île pour me ressourcer un peu. Je pensais trouver un hôtel mais il n'y en a pas. Auriez-vous la possibilité de me loger ?

L'homme ne réagissait pas. Il dévisageait Stéphanie.

- Jean, le patron du café m'a expliqué que leurs maisons étaient trop petites. Je n'ai besoin que d'un lit vous savez...

- ...

- ... mais un canapé fera l'affaire, j'ai un sac de couchage.

Roland semblait s'être perdu dans des méandres inextricables. Il parvint néanmoins à s'extirper de ses pensées. Il regarda sa maison orgueilleusement plantée sur le versant de la montagne.

- Pardon..., oui oui, il n'y a pas de problème, dit-il.

- Vraiment ?! Formidable ! Je m'appelle Stéphanie dit-elle soulagée en lui tendant la main.

Roland qui portait une lourde caisse se contenta de s'incliner légèrement.

-    Suivez-moi, je vais vous montrer la maison.

Ils empruntèrent un petit sentier incliné qui serpentait au milieu des rochers jusqu'à l'étrange maison. L'intérieur était entièrement en bois et fort heureusement le rouge n'avait pas phagocyté cet espace. La maison était étanche. Stéphanie aurait peut-être eu du mal à supporter un rouge omniprésent, pensa-t-elle. Le tout était spartiate mais bien tenu. Une table massive entourée de quelques chaises trônait au centre de la pièce principale. Un vieux livre d'illustration marine y était posé. Une étagère adossée au mur abritait une collection de pierres et d'objet hétéroclites. Et mise à part un escalier qui desservait le premier étage, c'est tout ce qu'il y avait dans ce salon.

Ils s'avancèrent dans un couloir qui desservait plusieurs espaces. La première porte à gauche donnait accès à la cuisine, vue sur l'océan, la seconde à droite était pour la salle de bain.

-    Voilà et ces trois autres portes donnent accès aux chambres, dit-il en les ouvrant les unes après les

23

autres. Prenez celle que vous voudrez. La mienne est au-dessus.

- Super ! C'est plus qu'il m'en faut, dit Stéphanie en souriant.

Les gens du village ne lui avaient pas menti. Le jeune homme parlait peu. Il y avait quelque chose de mystérieux dans sa voix. Elle était douce et bienveillante certes mais il y avait autre chose d'indéfinissable. Une confusion difficile à saisir.

- Les trois lits sont faits. Vous voulez une serviette ?
- Non, non, ne vous inquiétez pas, j'ai tout ce qu'il me faut, dit Stéphanie en montrant son sac à dos.
- Bon... et ben voilà. Heu... il n'y a pas de clé hein. Donc, ben vous faites comme chez vous.
- C'est vraiment très aimable Roland. Je peux vous appeler par votre prénom ?
- Oui, si vous voulez.

Après un moment d'hésitation.

- Vous savez, je vis seul depuis longtemps, j'aime ma solitude alors il ne faut pas m'en vouloir si je suis souvent dehors dans les bois ou sur mon bateau. Nous nous verrons p'être pas souvent. Qu'est-ce que vous allez faire vous pendant une semaine ?

24

- Je vais marcher, me reposer, écouter la mer. Je vis dans le bruit toute l'année. Chicago est une ville épuisante ; mon travail aussi du reste, donc ne vous inquiétez pas, restez vous-même. Je recherche justement du silence, une pleine semaine de silence.
- Bon... ben… j'retourne à mon bateau.
- Allez-y, ne vous occupez pas de moi. Voulez-vous que l'on mange ensemble ce soir ? Je pourrais nous préparer quelque chose ?
- C'est d'accord. Je rapporterai des algues et nous ferons le poisson que je viens d'attraper. A vrai dire, je mange de moins en moins d'animaux mais bon... je n'ai pas souvent d'invité, rajouta Roland en souriant. A ce soir.

Il quitta la maison.

Stéphanie explora les chambres, choisit celle qui avait la plus belle vue sur la mer, inspecta la cuisine et décida de repartir au village pour acheter quelques provisions. Le soir venu, ils dînèrent ensemble et échangèrent sur leur vie respective. A la question « mais pourquoi ce rouge ? », Roland répondit qu'il n'en savait rien, qu'il en avait toujours

25

était ainsi, ou presque. Aux origines, la maison était de couleur naturelle. Mais un beau matin, une tempête arracha une partie de son toit, son père décida alors qu'elle devait rougir. Roland perpétua la tradition familiale. Il alla même jusqu'à repeindre son bateau de la même couleur. Fils d'une famille nombreuse, une tragédie fit qu'il resta le seul à être encore en vie. Depuis il occupait la maison qui l'avait vu naître. Il n'y avait rien d'autre à ajouter.

Ainsi passa plusieurs jours. Roland devint ascétique comme s'il avait bien trop parlé et qu'il devait purger ses excès. Stéphanie quant à elle, partait la journée entière, un livre à la main, explorer la quiétude de cet îlot inhabité. Elle avait atteint son objectif, celui d'oublier la frénésie de Chicago. C'était sans compter sur une stupéfiante découverte qui allait bouleverser sa sérénité.

Alors qu'il pleuvait, Stéphanie s'était décidé à explorer la maison plus en profondeur. Roland était parti on ne sait où. Non sans avoir pris conscience qu'elle violait un espace privé, elle monta à pas de loup visiter le premier étage. Il y avait là deux portes desservant deux grandes chambres. Le silence était

26

colossal, souligné par moments d'un craquement de bois. La maison vivait.

Elle pénétra dans la première pièce, qui de toute évidence était le lieu de repos de M. Stingfall. Une grande lucarne offrait une vue imprenable sur l'océan. D'ici, elle aperçut le bateau, petite coquille rouge sur fond gris, ballotté par une mer agitée. Stéphanie sourit. Cet homme était un ours, il parlait peu, n'avait aucune culture générale, ne savait peut-être pas que la terre était ronde mais il était d'une humanité exemplaire. Une exceptionnelle sincérité transpirait de tout son être. Quelques-uns de ses collègues de labo devraient s'en inspirer. Émue, elle parcourut la chambre du regard et s'arrêta sur un objet posé sur la petite table de chevet. Stéphanie s'en approcha pour le saisir mais celui-ci ne bougea pas d'un iota. Il devait être collé. Elle se pencha pour l'examiner de plus près. Il s'agissait d'un petit cube très régulier, d'un noir absolu. C'était sans doute cette couleur parfaite qui avait attiré son regard. Une sorte de transparence s'en dégageait, ou plutôt... non ce n'était pas cela : le noir était si pur qu'il donnait une impression de profondeur, d'immensité, un peu

27

comme si tout l'univers y était confiné. Intriguée, Stéphanie toucha l'objet puis essaya de le déplacer avec plus de force. Celui-ci bougea un peu. Il n'était donc pas collé mais franchement très lourd. Elle banda ses muscles, l'empoigna fermement d'une main et réussit à le soulever. Cependant son poids était tel qu'elle dû le reposer. C'est incroyable pensa-t-elle, quelle est donc cette matière si dense ? Y avait-il un puissant système d'aimantation sous la table ? Elle vérifia le chevet mais ne trouva rien. Son cerveau fonctionna à toute vitesse, listant tous les matériaux et les alliages connus. Stéphanie s'assit au bord du lit et réfléchit un long moment. Le cube faisait environ trois cm de côté. Rien ne pouvait expliquer une telle masse. Cet objet défiait sa logique scientifique.

Elle quitta la chambre très soucieuse, perdue dans ses pensées et partit d'un pas rapide sur l'unique sentier de l'île. Elle en fit trois fois le tour sans même s'en apercevoir, retourna au village et rentra exténuée et dégoulinante d'eau de pluie. L'exercice physique avait eu raison de son esprit. Elle se coucha tôt et repartit le lendemain, comme prévu, pour le continent.

En rentrant de la pêche, Roland ne fut pas mécontent de se retrouver seul. Stéphanie avait rempli le frigo et laissé un petit mot sur la table :

> *« Merci Roland pour votre accueil chaleureux. Nous avons peut-être oublié de nous dire au revoir mais sachez que je repars avec de belles images de vous et de votre magnifique petit bout de terre. Merci. Stéphanie »*

Roland se coucha comme d'habitude, éteignit la lumière et regarda longuement son trésor. Le cube était d'un bleu phosphorescent intense.

Chapitre 3

Les grandes lignes de l'histoire des Hommes avaient été toutes visitées, disséquées, archivées et parfois réécrites. Cependant, il restait une myriade de détails à exhumer. Ce travail était colossal, pourtant l'ordre des archéo-historiens avait décidé de réduire la voilure. Yo T Luss, faisait partie de ce dernier noyau de passionnés et continuait inlassablement son travail de fourmi. Avec ses cinquante années d'expérience il était devenu LE « Croque-mort », le plus grand fossoyeur de son ordre. Tel un antiquaire, il aimait dénicher des objets insolites, des trésors enfouis vieux de plusieurs siècles. La plupart du temps on faisait appel à ses compétences et lorsque personne ne le sollicitait, il choisissait un cimetière au hasard pour y assouvir sa curiosité.

C'est ce qu'il fit ce jour-là. Il jeta son dévolu sur un petit cimetière insignifiant. La nuit venue, sans oublier de prendre toutes les précautions d'usages, Yo commença son travail par une série de photos des tombes qu'il imagina visiter. Puis à l'aide de quelques ingénieuses et dispendieuses machines, il commença par soulever les lourdes dalles funéraires pour en extraire la terre et ouvrir les cercueils, lorsque ceux-ci n'étaient ni rongés ni dégradés. Ce travail était diablement long car il devait sans cesse vérifier que personne ne le surprenne, pas même les bêtes errantes. Il aurait été fâcheux que l'on aperçoive une tombe s'ouvrir par l'opération du saint esprit. Fort heureusement, les sentinelles électroniques qu'il avait placées judicieusement, l'aidaient dans cette tâche. Il devait ensuite remettre tout en place avec l'aide des photographies. C'était une phase essentielle et là encore, terriblement laborieuse. La moindre pierre ou bondieuserie, la plus petite inclinaison ou défaut dans l'ordre des choses : tout devait être rigoureusement vierge de son passage.

Yo travaillait depuis quatre jours sur ce chantier. Il avait inspecté une dizaine de tombeaux, ce qui somme toute, était une bonne moyenne. Le butin était chétif mais au cinquième jour, il fit une découverte surprenante. La sépulture était sommaire mais bien entretenue. Un cas de figure qui demandait encore plus de méticulosité car la tombe supposait la visite régulière de quelques lointaines descendances.

31

Le croque-mort augmenta d'un cran le degré de précision en prenant une nouvelle série de photographies et commença son job.

C'était idiot mais Yo n'était pas très à l'aise. Il s'arrêta soudain et se retourna. Une présence semblait l'observer. Inquiet, il vérifia les sentinelles, allant même jusqu'à en installer de nouvelles dans un large périmètre. Yo se ressaisit, aucun des détecteurs ne l'avait alerté, tout ceci n'était qu'une appréhension dénuée de fondement. Il était impossible et impensable d'ailleurs, que quelqu'un puisse le surprendre. Il reprit son travail mais son malaise persista. Néanmoins la présence sembla s'éloigner progressivement et son trouble se dissipa totalement.

Au fond de la fosse gisaient deux squelettes humains, les vestiges des deux cercueils et deux objets identiques posés au milieu des ossements. Il s'agissait de deux petits cubes d'un noir parfait. Curieux, Yo se pencha pour en saisir un mais celui-ci ne bougea pas. Il devait être vraiment très lourd. Yo s'employa des deux mains et réussit à le prendre. Il n'était pas scientifique mais tout de même, il y avait là de quoi se poser des questions. Les arrêtes du cube étaient parfaites, presque coupantes. Les siècles passés n'avaient en rien altéré la matière. La couleur était si profonde qu'on aurait pu y plonger pour s'y baigner. Son attention se porta sur le deuxième cube. Celui-ci était rigoureusement identique d'aspect et tout aussi lourd. M. T Luss avait peut-être déniché là des reliques exceptionnelles. Il réfléchit rapidement. Il devait faire vite. Il ressortit du trou avec l'un des cubes, l'enferma dans un sac d'aspect étrange et disparut en un éclair. Yo revint quelques instants après, vérifia ses capteurs de présence et plongea de nouveau dans la fosse. Il répéta l'opération pour le deuxième objet et les remplaça par deux fac-similés. Ils étaient nettement plus légers, d'une couleur ordinaire mais cela fera l'affaire. Il remit ensuite tout en place avec exactitude et vérifia son boulot à l'aide des photographies.

Yo s'attarda encore un petit moment, baigné dans la lumière blafarde de la lune. Tout était silencieux. Il porta son regard une dernière fois sur l'épitaphe de la pierre funéraire et s'évanouit sans laisser de trace.

« *Ici gisent les époux Roland Stingfall né le 20 octobre 1992
et Lucie Berninger née le 5 août 1997, morts tous les deux
le 4 août 2064* »

Chapitre 4

Stéphanie retrouva la cacophonie de sa ville, son travail et son mari. Celui-ci avait laissé tant de traces dans l'appartement qu'elles avaient donné lieu à une dispute :

- Mais regarde, regarde !! il y en a partout, partout, explosa Stéphanie.
- J'ai eu beaucoup de travail cette semaine.
- C'est une porcherie ici, l'évier déborde de vaisselle, ça pue de partout.

Stéphanie agitait ses bras comme pour chasser une mouche imaginaire.

- Tu aurais dû m'expliquer son fonctionnement, je l'aurais fait.
- Quoi !!! Il faut un bac+4 pour remplir un lave-vaisselle ? Crois-tu que j'ai suivi une formation spéciale ? Et dans la chambre c'est une horreur. Je ne peux pas y mettre un pied sans trébucher sur un vêtement sale.

Ne parlons surtout pas de la salle de bain, je serais capable de te tuer !

- Qu'est-ce que tu veux que je te dise, le téléphone

35

n'a jamais cessé de sonner, il fallait que je coure d'un rendez-vous à un autre.

- Tu te fous de moi ? Tu n'as pas de travail ! Hurla-t-elle.

- Évidement que je n'ai pas de boulot, pas la peine de remuer le couteau dans la plaie. Ne fais pas l'ignorante, tu sais que la recherche d'un job est un travail à temps plein. Je m'y emploie vois-tu. Et puis merde quoi, j'allais le faire, tout ranger. Pourquoi fallait-il que tu rentres trois heures plus tôt ?

- Oui bon... tu sais ce qu'il te reste à faire. Tu vas gentiment remettre de l'ordre dans tout ça et sans perdre une minute.

- Oh oh ! On se calme. Je suis tout de même pas un gamin de quinze ans !

- Malheureusement j'ai bien peur que si. Tu m'énerves, je pars chez ma copine. Je ne reviendrais que ce soir. Je te donne une journée. Si tu ne te bouges pas le cul, je te coupe les vivres, les couilles et le paillasson du pallier sera ta seule maison !

Elle claqua la porte d'entrée.

- Castratrice ! hurla l'homme aux gonades en sursit.

Celui-ci n'était toutefois pas idiot. Quelques heures plus tard, l'appartement avait retrouvé un ordre et une propreté martiale.

Au terme d'études brillantes, Stéphanie s'était vu attribué un poste important à l'université de Chicago dans le quartier de Hyde Park. Après une courte période de professorat, elle s'était entièrement consacrée à la refonte du département de physique fondamentale et était parvenue aujourd'hui à la tête d'un petit laboratoire dont les subventions étaient plus que confortables. Mais il fallait se battre pour conserver cette manne financière. A quarante-trois ans, c'était encore une femme pleine d'énergie et sa carrière pouvait la propulser sur le devant de la scène. Malheureusement ses recherches piétinaient. Elle se heurtait à de nombreuses difficultés. Sa motivation était pourtant intacte et la perspective, certes lointaine, de pouvoir un jour rejoindre Enrico Fermi, prix Nobel de cette même université en 1942, lui en donnait l'ultime dessein.

La retraite de Stéphanie l'avait rechargée en

énergie même si la découverte de ce mystérieux cube noir, encombrant ses pensées jours et nuits, la perturbait dans son travail. Une idée germa peu à peu. Ce parallélépipède si étrange, lui donnerai peut-être ce qui manquait à sa carrière, un chemin vers la gloire.

Sa curiosité scientifique l'emporta et deux mois après son retour, Stéphanie décida de revenir sur l'île afin d'étudier rationnellement le petit objet. Elle partira deux jours, trajet compris et emportera cette fois, un éventail d'appareil de mesure.

Son vol l'amena à Cape cod mall via la ville de Boston. De là, il n'y avait qu'une courte distance pour rejoindre la zone portuaire. Curieusement elle fut accueillie chaleureusement à son arrivée, même par Chuck qui lui adressa un sourire généreux. L'endroit n'était plus le même, quelque chose de subtil s'était produit. Stéphanie n'arrivait pas encore à saisir l'exactitude du changement mais elle en était certaine, l'atmosphère était différente. Les gens semblaient heureux. Il régnait ici une sorte de béatitude. Le paysage lui-même avait changé. La plage et les rues par exemple, étaient d'une propreté

Suisse. Jean avait installé une éolienne sur le toit de son café-musée.

- Nous ne pouvons plus nous permettre d'utiliser notre vieille chaudière à mazout, lui dit-il. Elle pollue tellement. Bon, elle fonctionne encore, il faut bien que les gens aient un peu d'électricité, mais pas pour moi en montrant fièrement l'hélice qui tournait lentement. Dans un an, toutes les maisons en seront équipées et on pourra enfin se débarrasser de cette monstruosité.

Stéphanie informa Jean qu'elle ne resterait que deux jours seulement et demanda des nouvelles de Roland mais sans en dire davantage.

- Bien sûr qu'il est là ! Allez-y, courez, volez ! En lui faisant un petit clin d'œil malicieux.

Stéphanie sourit et s'en alla sur le chemin côtier. La maison rouge surgit de la même façon, toujours aussi insolente et majestueuse. Elle trouva Roland sur le rivage. Il s'activait autour de son bateau qui possédait maintenant une grande et belle voile toute rouge. Elle s'approcha.

- Bonjour M. Stingfall !

Celui-ci se retourna surpris, les bras plongés

dans le moteur du rafiot à voile. Il se releva, les mains dégoulinantes d'une huile noire et regarda longuement Stéphanie.

- Bonjour madame Burn, dit-il doucement.

Il s'approcha dans l'intention de la saluer. Mais Stéphanie recula imperceptiblement. Elle regardait les mains noires et suintantes du pêcheur, hésita...

- Oh ! Pardon..., s'excusa Roland qui semblait prendre conscience qu'il était souillé de la tête aux pieds, foutu moteur...

- Il n'y a pas de mal. Votre moteur est en panne ?

- Non, non, il fonctionne parfaitement mais je ne le supporte plus alors je l'enlève. Vous voyez, dit-il en montrant la voile, je le remplace par quelque chose de plus naturel.

- C'est magnifique !

- C'est aussi un casse-tête. Ce bateau n'est pas adapté pour la voile, il est trop lourd. Je dois l'alléger au maximum. Un jour je construirai un vrai voilier mais il me faudrait un plan, dit-il pensif.

- Je vois. Ce n'est pas un plan mais un recueil

d'illustrations animalières que je vous apporte. Les photos sont très belles.

- Il ne fallait pas Mme Burn mais je vous remercie. J'aime les livres vous savez, même si je n'en ai qu'un seul. Vous cherchez une chambre ?

Stéphanie fut ravie que Roland lui tende la perche.

- Oh oui ! Mais je ne resterai qu'une seule nuit. Je dois repartir demain. Si cela ne vous dérange pas, je prendrai la même chambre.

- Bah... vous n'faites pas d'bille, restez autant que vous voulez.

Stéphanie hésita à lui révéler la raison de sa visite. Elle pouvait étudier le cube en catimini mais elle se devait d'être vertueuse envers ces gens aussi honnêtes et bienfaisants.

- Roland, je dois vous faire une confidence, commença-t-elle par dire. Je viens ici pour un mobile bien particulier. Hum... voilà, la dernière fois, je suis allée dans votre chambre. J'en suis confuse croyez-moi, j'ai outrepassé mes droits. Il pleuvait, vous n'étiez pas là.... J'ai alors trouvé un drôle d'objet sur votre chevet.

41

L'homme la regardait attentivement. Son sourire l'avait quitté mais Stéphanie ne décela aucune antipathie ce qui l'encouragea à poursuivre.

- Vous savez, je suis une scientifique, je ne peux rien faire, rien voir sans en donner un sens logique. C'est comme ça, dit-elle en souriant. Votre cube est vraiment très lourd, beaucoup trop pour me laisser indifférente. Donc voilà, avec votre permission j'aimerai l'étudier. J'ai avec moi quelques instruments de mesure. C'est pour cette raison que je suis venue.

- …

- … est-ce que …vous me permettez d'étudier votre cube ?

Roland restait silencieux. On pouvait déceler en lui une sorte de dualité entre la nécessité de garder un secret, comme si une petite voix lui disait : « *fais attention* » et sa conscience d'homme altruiste et animiste. Son affectif l'emporta.

- Vous pouvez Mme Burn.

- Ah ! Lâcha Stéphanie avec grand soulagement. Merci, merci Roland. Je peux donc monter dans votre chambre ?

- Vous pouvez.

Stéphanie était aux anges. Ainsi, elle allait pouvoir se consacrer en toute sérénité à son sujet d'étude. Un peu agitée elle s'emballa :

- Mais d'où vient-il ? Comment est-il arrivé sur votre chevet ?

Roland se rembrunit légèrement, cette fois la petite voix prit le dessus.

- Je suis désolé. Je ne peux pas répondre à cette question Mme Burn.

Ne pouvait ou ne voulait-il pas ? s'interrogea Stéphanie. C'était un peu fâcheux car l'origine de la « pierre » était fondamentale.

- Ça ne fait rien. Bien, excusez-moi, j'ai hâte de commencer mon travail. Toujours pas de clé ?

- Non, toujours pas dit Roland affable.

- A tout à l'heure donc. J'ai apporté avec moi notre repas pour ce soir, vous n'aurez rien à faire Bon courage pour votre moteur !

L'affaire se présentait bien. Cet homme un peu mystérieux a tout de même confiance en moi, songea Stéphanie excitée. Elle s'empressa de monter le petit sentier menant à la maison, déposa le livre

43

animalier sur la table, quelques affaires dans sa chambre et grimpa au premier étage.

Le cube était là, solidement posé. Elle s'en approcha religieusement, l'observa un moment. Quel noir splendide ! La scientifique vida son sac avec fébrilité, en sortit des instruments simples ou biscornus, un pied à coulisse, une balance électronique, un posemètre, un thermomètre de précision et s'attela sans tarder à sa tâche.

- 11,533 kg, mais c'est impossible ! S'écria-t-elle. 11,533 kg ! L'osmium ou l'iridium connu pour être les matériaux les plus lourds pèseraient environ 600g...

Elle mesura la lumière réfléchie, qui s'avéra nulle bien entendu, les dimensions, griffonna quelques calculs rapides, opposa différents aimants et de faibles décharges électriques... Au bout de deux heures, Stéphanie termina en branchant un luxmètre associé à un enregistreur papier, comme le ferait un sismographe et sortit se détendre un peu. Ce cube défiait toutes les lois de la physique. Interminablement, Stéphanie refaisait les calculs mentalement sans s'apercevoir qu'elle avait parcouru

44

deux fois le tour de l'île. Avec une telle densité, cela ne m'étonne pas qu'il soit aussi noir. Mes appareils ne sont pas assez précis. Il doit absorber toute la lumière, j'en suis presque certaine et pourtant il ne chauffe pas. Sa température est très exactement la même que son environnement. C'est incompréhensible. L'énergie des ondes électromagnétiques doit forcément induire quelque chose. Peut-être au centre. Il y a un noyau, un truc au centre. Je dois ramener ce cube au labo pensa-t-elle. Il faut absolument que nous l'étudions avec précision... Au quatrième tour, Stéphanie s'arrêta exténuée.

Lorsque Roland rentra le soir, la table avait été mise et le repas prêt à être dégusté. Deux bougies éclairaient chaleureusement l'ensemble, créant une intimité et laissant apparaître une bouteille de vin français.

- C'est un plat végétarien. J'espère que vous l'apprécierez Roland.

Ils mangèrent en silence. Stéphanie attendait le bon moment pour lancer le sujet qu'elle avait ruminé toute la journée, non sans espérer que le vin

45

ait fait son office.

- Roland, commença-t-elle par dire, croyez-moi ou pas, mais ce que vous avez là-haut est vraiment déroutant. Je pense qu'il s'agit d'une météorite. Une matière que l'on ne connaît pas sur la Terre. Vous l'avez sans doute trouvée sur l'île. Cependant sa forme est sans équivoque. Est-ce vous qui l'avait taillée ainsi ? Si je peux me permettre vous êtes extrêmement doué. C'est un travail d'orfèvre.

- Je ... ne sais pas, je ne peux rien vous dire de plus, quelque chose m'en empêche. Roland était très mal à l'aise.

- Comment ça « quelque chose » vous en empêche ? Expliquez-moi donc ce qui se passe. Quelqu'un vous a demandé de vous taire ? C'est ça ?

- Je ne sais pas...

- Hum...écoutez Roland, l'objet que vous détenez est d'une extrême importance pour la science et pour ma carrière pensa Stéphanie. Puisqu'il s'agit d'une météorite, savez-vous que vous n'en êtes pas le propriétaire ?

- ...

46

Mme Burn n'était pas certaine de ce qu'elle avançait mais continua néanmoins sur cette voie avec un ton qu'elle s'efforçait d'être engageant, profitant du manque d 'éducation du pêcheur.

- Autrement dit, il appartient à l'État et je suis l'État. Vous saisissez Roland ?
- Pas très bien mais le cube doit rester avec moi.
- Je vous propose un compromis. J'emporte le cube à Chicago, nous y faisons les analyses ad-oc et je vous le rapporte dans un emballage cadeau, je vous le promets. Il n'y en aura que pour quelques semaines.

Roland était de plus en plus abattu mais il ne céda pas.

- Madame Burn... ce n'est pas possible. Je suis vraiment désolé et j'aimerai sincèrement vous aider mais quelque chose me dit que ce n'est pas bon pour moi, dit-il tristement.

Stéphanie soupira, inspira et souffla longuement. Elle tenta de se maîtriser, y parvint et abdiqua provisoirement. Elle rechignait à utiliser la force des lois pour s'emparer de l'objet mais se promis de s'informer sur sa législation. Un lourd silence s'installa laissant réapparaître les restes du repas dans la lumière des bougies.

- Bon, très bien, votre caillou restera ici avec vous. Me permettrez-vous au moins de revenir avec mon équipe ?

- Oui, vous serez toujours la bienvenue Mme Burn, dit Roland qui retrouvait le sourire.

- Nous apporterons beaucoup de matériel vous savez. Cela ne vous dérange pas ?

- Non, non... ne vous tracassez pas pour ça. Envahissez la maison, ça n'a pas d'importance.

- Merci Roland.

La discussion était close. Ils débarrassèrent la table et s'apprêtèrent à regagner leur chambre respective. Stéphanie se sentait tout de même un peu amère.

- Ah ! Une dernière chose : j'ai laissé une petite machine branchée. N'y touchez pas s'il vous plait. Elle est fragile.

- Je n'y toucherai pas, Mme Burn. Je vous remercie pour le livre, il est vraiment très beau.

- Bah, ce n'est pas grand-chose. Je suis contente qu'il vous fasse plaisir. Excusez-moi pour tout à l'heure si je me suis un peu emportée.

Stéphanie continua un moment à compiler les données puis elle referma son ordinateur portable et éteignit la lumière. Elle ne réussit cependant pas à trouver le sommeil et décida vers une heure du matin, d'aller prendre l'air.

La lune était pleine. Elle baignait la campagne d'une lumière blanche et lui donnait des airs fantasmagoriques, allongeant les ombres projetées. Stéphanie emprunta le petit sentier côtier et s'éloigna de la maison. Elle n'entendait que le bruissement des graviers sous ses pas et au loin le léger mouvement de la mer léchant le rivage. Elle avait cette impression d'être l'unique survivante d'un cataclysme. Il n'était pas loin de trois heures du matin lorsque Stéphanie retourna se coucher au terme de sa longue marche nocturne et parvint à s'endormir.

Elle se réveilla sept heures plus tard dans une maison parfaitement silencieuse. Roland devait être parti. Il était dix heures ! Son bateau arrivait dans deux heures. Il n'y avait pas une minute à perdre. Elle

49

ramassa ses affaires, griffonna un petit mot qu'elle laissa sur la table et gravit les escaliers du premier. Elle s'arrêta un moment devant le cube noir, un peu triste de ne pas pouvoir l'emmener, débrancha machinalement le luxmètre qui continuait son enregistrement et poussa un cri.

-       Sacrebleu ! Qu'est-ce que c'est que ça ?

L'appareil avait dessiné sur le papier une courbe de Gauss : le fin tracé était plat puis montait graduellement pour composer un sommet arrondit et redescendait ensuite former une ligne horizontale. L'ensemble était parfaitement symétrique.

-       Mais c'est impossible ! Cela... cela signifie que le cube a émis de la lumière ! s'exclama Stéphanie à haute voix.

Elle resta un long moment assise sur le lit, le rouleau de papier entre ses mains. Le haut de la courbe trouvait son apogée aux environs des deux heures du matin et à en croire la hauteur du tracé, la lumière avait été vive. C'en était trop. Sans réfléchir aux conséquences de son acte, elle se décida. Le bateau ne va pas m'attendre. Elle prit le cube avec précaution, le fourra dans son sac, sortit de la maison et marcha d'un pas rapide sur le chemin menant au port. Le poids qu'elle portait sur ses épaules était considérable. Porter plus de vingt-cinq kg au pas de course sur une distance de quatre km n'était pas une petite balade du dimanche. Aussi arriva-t-elle complètement exténuée mais juste à temps pour embarquer.

Le bateau était bien plus grand que celui qu'elle prenait habituellement. Sur le quai, les marins avaient déchargé un contenu inhabituel : des pales d'éoliennes, des panneaux solaires, des alternateurs, des arbres fruitiers, des monceaux de tissu et un imbroglio d'animaux en cage. Ça bêlait, jargonnait, cancanait, grognait, gloussait sec sur le port.

- Et bien madame Stéphanie, votre nuit a été courte pour arriver comme ça au dernier moment ! Lança Chuck tandis qu'elle montait à bord.

Elle n'eut pas le temps de répondre que déjà le bateau repartait. Sur le pont, elle imita les îliens qui lui faisaient de larges signes d'adieu depuis le quai. Elle ressentait de l'embarras. La honte d'avoir trahi ces gens extraordinaires. Jamais elle ne pourra revenir ici sans l'impression d'être une persona non grata.

51

2^{éme} partie

Chapitre 5

Après la fuite de Stéphanie, Roland connu des maux de tête terrifiants. La douleur était montée crescendo pour atteindre un paroxysme en fin de journée. Il lui fut impossible de dormir cette nuit-là, autant du fait de la douleur insupportable que de la disparition de son cube. Il s'était trouvé honteux d'avoir accusé Stéphanie du vol. Il ne voyait pas qui d'autre aurait pu commettre un tel acte mais était-ce vraiment elle ? Son petit mot laissé sur la table l'innocentait :

> « *Mon cher Roland, pour la seconde fois nous ne nous sommes pas dit au-revoir. Cela en devient une habitude. Cependant comme convenu hier soir, je reviendrai bientôt avec quelques collègues afin*

que nous puissions étudier ce drôle
d'objet. Je suis en retard, mon
bateau sera au port à midi.
Un grand merci pour votre accueil
toujours aussi chaleureux.
Stéphanie »

Roland resta proscrit plusieurs jours chez lui, tellement son crâne lui faisait mal. Il était incapable de se mouvoir et de se nourrir normalement sans que le moindre geste ne provoquât un déluge de souffrances. La douleur ne s'accentuait plus mais restait à un seuil critique.

Au quatrième jour, n'ayant presque plus rien à manger et craignant pour sa vie, il se décida à rejoindre les autres. Il prit son triporteur et réussit cahin-caha, à la vitesse fulgurante d'une limace, à atteindre le village. Il souffrait le martyr. Chuck en voyant le véhicule arriver comprit tout de suite que quelque chose n'allait pas. Il se précipita au-devant de Roland.

- Rol !! mais qu'est-ce qui t'arrive ?
- Je suis malade, j'ai mal à la tête, tu peux pas

imaginer.

- Ben merde... t'es tombé ? Viens t'assoir.

    Il aida Roland en le soutenant jusqu'au café et l'obligea à s'assoir.

- Jean vient donc voir par ici, cria Chuck. T'as pris de l'aspirine ? demanda-t-il doucement.

- Oui mais ça me fait rien. Rien du tout. J'ai faim...

Jean arriva sans se presser mais s'inquiéta immédiatement en voyant Roland.

- Ben mince Rol ! Qu'est-ce qui ne va pas ?

- J'ai faim Jean, j'ai faim.

- OK, OK, je te prépare un truc tout de suite.

    Bientôt tout le village fut au courant. Un regroupement s'était formé autour de la table du pauvre Roland qui se tenait la tête entre ses mains. Les conversations fusaient de toute part.

- Jean amène voir de l'aspirine.

- Où as-tu mal Rol ?

- Mon dieu... la tête que t'as.

- Il est blanc comme neige.

- Il faudrait un docteur.

- Depuis combien de temps qu'il est comme ça ?

- Jean ! L'aspirine merde !

- Il a niqué comme un lapin avec l'étrangère et voilà le résultat.

- N'importe quoi, toi.

Roland leva la main, ce qui eut pour effet de faire taire tout le monde.

- S'il vous plait, ne parlez pas si fort. C'est un supplice.

- Tu veux que l'on fasse venir un docteur ? Chuchota quelqu'un.

Il y eut un silence. Roland réfléchissait. Il prit une décision.

- Non, je dois y aller moi-même. Il faut que je parte sur le continent, dit-il doucement.

- Toi ? Partir de l'île ? Mais Rol, tu n'as jamais quitté cet endroit !

- C'est vrai mais il le faut. Je ne sais pas pourquoi mais il faut que je retrouve mon...

- Que tu retrouves ton ? Ton quoi ?

- Son amour. Il est amoureux, voilà tout.

- ... oui, je dois retrouver Stéphanie.

- Dans cet état ?

- …

Un grand silence enveloppa le port. Diana

prit la parole :

- Je te propose de t'accompagner Rol. Tu vas te perdre tout seul dans l'autre monde.
- Te tracasse pas, je vais me débrouiller.
- Hum... ce monde est dangereux tu sais. Sans vouloir te vexer je ne pense pas que tu puisses te débrouiller, insista-t-elle.
- Tu veux tenir la chandelle Diana ? s'éleva une voix parmi le regroupement.
- Écoute Rol, j'ai une idée. Je t'accompagne chez le médecin et jusqu'à ton avion. Et ensuite tu te débrouilles. Ça te convient ?
- Un avion ? Lança Roland pétrifié d'horreur.
- Ben oui, c'est pas la porte à coté Chicago, dit Chuck
- Je préfèrerais prendre autre chose, un bus ?
- On verra ce que nous diras le médecin. Tu es d'accord ?

Roland réfléchit. Tout le monde semblait valider l'idée.

- Bon d'accord Diana, accompagne-moi. C'est très gentil de ta part. Mais avant pourriez-vous me rendre un service ? Allez chez moi et ramenez moi l'argent que je garde dans une petite boite sous l'étagère. Il me faudrait aussi une valise avec quelques vêtements de rechange. Quelqu'un pourrait faire ça ? Je me sens vraiment pas de refaire le chemin.

Roland était sérieux. Ce long monologue tranchait avec son habituelle discrétion. En fin de journée, tout était prêt. La nuit arriva accompagnée de son traditionnel caboteur.

- Nous n'avons pas de poisson pour toi, cria Nick, un pêcheur de l'île, depuis le quai, au capitaine.

- Ah ? Qu'est-ce qui vous prend les gars ? Vous êtes en grève ou quoi ?

- Non mais le poisson se fait bien rare ces temps-ci.

Nick mentait au matelot. Il ne voyait pas la nécessité de lui avouer que les habitants, curieusement, étaient bien plus préoccupés par une soudaine mise en place d'un programme écologique et d'autosuffisance ambitieux.

Le caboteur reprit la mer bredouille mais avec à son bord Roland et Diana qui faisaient de grands signes de la main. Ils furent émus de voir tous les habitants alignés sur le quai, telle une immense chenille qui se serait retrouvée sur le dos, agitant ses pattes dans tous les sens.

La douleur de Roland ne lui permit pas d'écarquiller les yeux et de découvrir le « nouveau monde ». Bien au contraire, il plissait les yeux, luttant contre le mal qui tambourinait dans son crâne. Il y avait dans sa tête un locataire musicien qui tapait de la caisse claire, du charleston et des cymbales.

Le lendemain après avoir passé une nuit dans un motel, ils trouvèrent un médecin à Barnstable Town. Elle questionna Roland, palpa ses vertèbres et sa musculature. La femme paraissait soucieuse. Elle lui prescrit de puissants analgésiques, des stéroïdes et lui conseilla des analyses complémentaires.

-   Il faudrait que vous passiez un scanner. Voici une lettre que vous remettrez au professeur Hans du Holy Cross Hospital, à Chicago. Ne tardez pas.
-   Mais qu'est-ce qu'il a ? demanda Diana.
-   Malheureusement, je ne suis pas en mesure de diagnostiquer ce mal. C'est assez déroutant.

Lorsqu'ils furent sortis du cabinet, la femme médecin réussit à dire à Diana discrètement :

- Je ne suis qu'un médecin généraliste mais j'entrevois la possibilité d'une tumeur au cerveau. M. Stingfall doit sans tarder faire ces examens complémentaires. Il aurait été plus prudent d'éviter ce long voyage.
- Merci, lui répondit Diana complétement abattue

Après avoir acheté les médicaments, ils prirent un taxi pour la gare centrale des bus Greyhound. Malgré les trente-huit heures que durera le trajet, Roland avait été intransigeant sur l'avion et son obsession de rejoindre Stéphanie. Diana profita des deux heures d'attente pour ravitailler son ami de cinq sandwichs et quatre grandes bouteilles d'eau minérale.

- Je te remercie Diana, je n'aurais jamais réussi à me débrouiller tout seul.
- Je continue tout de même à penser que ce voyage n'est pas raisonnable. Comment feras-tu dans une grande ville comme Chicago ? C'est de la folie.
- Je trouverai quelqu'un comme toi, ne t'inquiète pas.
- Excuse-moi mais j'ai quelques doutes là-dessus.

59

Tu n'imagines pas ce que sont les villes. Enfin...
les médicaments ont-ils de l'effet au moins ?

- Non

A l'arrivée du bus, Diana aida le malade à
s'installer.

- Tu es une tête de cochon Rol. Bon allez, écris-nous.
Ne nous oublie pas !

Avant de redescendre, Diana donna quelques
consignes au chauffeur :

- M. Stingfall est très malade. Essayez de rouler
avec souplesse, s'il vous plait. Ne laissez
personne le bousculer et surveillez-le de temps en
temps. Je compte sur vous.

Le chauffeur haussa les épaules.

- Je ne suis pas ambulancier, dit-il d'un air
maussade.

La première journée du voyage fut une
terrible épreuve. Roland resta cloué au siège, se tenant
la tête dans ses mains. L'épuisement eut cependant
raison de son atroce douleur et il dormit un peu. A
son réveil, le mal semblait avoir faibli. Il s'atténua
lentement au fil des heures. Dans les faubourgs de

Chicago, Roland ne souffrait plus que d'une gêne légère, tout à fait supportable. Délivré de la douleur, il se sentait léger et revigoré. Il découvrit d'abord la faim et la soif, engloutissant quatre sandwichs et deux bouteilles d'eau minérale. Puis par la fenêtre, il découvrit pour la première fois de sa vie, l'autre monde.

Un paysage urbain défilait sous ses yeux. Les maisons s'alignaient indéfiniment, entrecoupées de routes qui donnaient de nouvelles perspectives bordées d'autres immeubles à perte de vue. Un enchevêtrement de fils électriques ficelait les quartiers, parcourait le panorama, enjambait les artères. On y avait accroché des feux tricolores, sous lesquels coulait un flot ininterrompu de véhicules bigarrés.

Le bus s'immobilisa enfin dans un dernier soubresaut tel le chuintement d'une bête à bout de souffle que l'on aurait égorgée et qui se viderai de son sang.

Roland se leva, content de pouvoir enfin dégourdir son corps et sortir des entrailles de l'animal que la vie venait de quitter. L'odeur et le bruit l'empoignèrent aussitôt. Il suffoqua, tourna sur lui-

61

même, essaya de se couvrir les oreilles, vacilla et s'échoua sur un banc. L'air était chaud, vicié, chargé de lourdes effluves identiques à celles du moteur de son vieux bateau. Le brouhaha comme les odeurs, étaient tellement dense qu'ils formaient une sorte de gangue compacte dont Roland n'aurait pu identifier la provenance. Assis sur son banc, le corps courbé, il avait devant lui un ballet de jambes affolées, courantes, piétinantes. Des jambes nues toutes lisses, des bleues, des rouges, d'autres couvertes de poils. Mon dieu où vont tous ces mollets, que leurs arrivent-ils ? Pensa-t-il. La surprise était totale. Diana lui avait pourtant expliqué que les villes étaient peuplées de gens pressés et qu'il fallait, pour survivre dans ce milieu, en faire autant.

Doucement, Roland se releva. Les jambes avaient des têtes. Son regard roula sur un océan de crânes protéiformes. Des visages fermés, contrits, rieurs, d'autres qui parlaient tout seul, des visages tristes, fatigués. Roland pivota plusieurs fois sur lui-même, ne sachant que faire. Une bouche charnue s'approcha. Ses lèvres étaient soyeuses, brillantes et d'un rose exceptionnel. Elles remuaient. Lui parlaientelles, à lui ? Il ferma les yeux un bref instant, essaya de se concentrer. Une main se posa sur son épaule. Il rouvrit les paupières. Un visage noir ébène surgit devant lui. C'était le visage des lèvres roses. Il avait de la chance d'avoir une aussi jolie bouche, ou bien était-ce ces lèvres qui devaient allégeance au visage ? Non, ils étaient de connivence. Roland n'avait encore jamais rencontré de personne noire et s'étonna d'un millier de petits détails.

- ….ieur ? Monsieur ?

- Moi ?

- Est-ce que tout va bien ? Vous semblez complétement perdu.

- ...oui. C'est la première fois que je viens ici.

- Je peux vous aider ?

- Je dois retrouver une personne. Mme Burn, Stéphanie.

- Avez-vous une adresse ?

- Une adresse ? ben…non

- Hum... Ok. Ce n'est pas très grave, voyons.

La femme sortie de la poche de son manteau une petite boite plate et tapota rapidement dessus. L'intérieur de ses mains était délavé, tout juste teinté

63

d'un rose pâle. Elle avait un corps aux formes généreuses, qu'un tissu brillant moulait avantageusement.

-   Qu'est-ce que c'est ? demanda Roland en montrant l'appareil.

De nombreuses personnes possédaient ce même objet et cela donnait à cette foule une curieuse impression d'un monde d'automates.

-   Quoi ? Ça ? Vous plaisantez ?

-   Non madame, répondit Roland avec franchise.

La jeune femme le regarda très surprise, se demandant si elle n'avait pas affaire à un fou.

-   C'est un smartphone. Mais d'où venez-vous ? Ah ! Voilà... j'ai une piste. Le nom de cette personne ressort très souvent sur des sujets liés aux sciences physiques.

-   C'est ça !

-   Attendez..., je n'ai pas son adresse personnelle mais son lieu de travail. C'est l'université de Chicago. Ce n'est pas loin du parc Washington ça. Hum... le plus simple dans votre cas est de prendre le bus. Le chauffeur pourra vous renseigner - Elle regarda sa montre - Je ne peux pas vous accompagner. Vous voyez cette rue ? Il faut la prendre jusqu'à la rue Van Buren. C'est là que vous prendrez votre bus pour la 59ème. N'hésitez pas à demander au chauffeur. Je dois y aller maintenant.

- Merci madame ! Répondit Roland avec un sourire.
- Bah… il n'y pas de quoi, j'étais un peu comme vous lorsque je suis arrivée dans cette ville. Bonne chance !

Roland se retrouva de nouveau seul au monde. Pareil à un nouveau-né, il fit ses premiers pas dans la troisième plus grande ville des États-Unis. Il se retrouva plusieurs fois au beau milieu d'un torrent de voitures hurlantes et menaçantes, faillit se faire écraser, s'égara à l'opposé de la ville. Des policiers le menacèrent parce qu'il n'avait pas de ticket de bus, on le suspecta héroïnomane tellement il était éberlué, certains se moquèrent de son aspect de péquenot et d'autres l'ignorèrent superbement.

Notre pêcheur arriva donc, six heures plus tard, devant l'université. Sans doute avait-il battu là un record mondial d'orientation. Son mal de tête s'estompait à mesure qu'il approchait de sa destination, sauf lorsqu'il se retrouva dans les faubourgs de la mégapole, et disparut quasiment sur Ellis Avenue. Son intuition avait été bonne. C'est l'absence du cube qui provoquait, dieu sait comment, ces abominables douleurs. L'objet ne pouvait se trouver nulle par ailleurs qu'ici.

Roland trouva un peu de réconfort au cœur du parc Washington. Il s'assit sur un banc et médita longuement. Sa journée avait été riche d'enseignements : il avait vu des hommes et des femmes mendier dans la rue tandis que d'autres se pavanaient dans de luxueuses voitures. Il avait entre-aperçu une arme à feu sortir de dessous un manteau lors d'une altercation, entendu des sirènes stridentes à en faire grincer les dents, découvert des amas de déchets sur les trottoirs, observé des vitrines pleines d'or et d'argent, d'immenses panneaux publicitaires tous plus agressifs les uns que les autres... et ce vacarme incessant, omniprésent. Comment ces gens pouvaient-ils entendre la pluie, le vent, l'orage gronder au loin ? Les oiseaux chantent-ils encore ici ? Certainement pensa-t-il mais la ville leur impose le silence.

Cette société fonctionnait et tenait debout sur un seul mécanisme : la consommation. Tout cela était totalement incompréhensible aux yeux de Roland. Il essayait d'y chercher des valeurs humanistes, quelque chose qui aurait pu justifier une telle déviance par rapport à ses convictions qu'il avait cru universelles.

Il finit par s'allonger sur le banc, replia son corps sous sa longue vareuse jaune citron et ferma les yeux. Au milieu de la nuit, la ville s'assoupit un peu. Roland entendit quelques oiseaux chanter, le vent bruissait dans la chevelure des arbres. Bientôt le flux et le reflux de la mer l'emporta. Il s'endormit, bercé par cette quiétude toute relative.

Chapitre 6

Il fut relativement aisé pour Yo de retrouver la trace des propriétaires. Le grand ordinateur lui avait fourni quelques renseignements : des coordonnées spatio-temporelles ainsi qu'une liste de quelques articles liés à des faits divers. Rien de très touffu, laissant à penser que les défunts, Roland et Lucie, avaient été des citoyens lambda. Il est utile de mentionner que certains lieux peu peuplés, comme les îles, avaient été très peu visités et très peu commentés. On ne savait donc pas grand-chose. Les quelques articles mentionnaient l'existence d'un autre lieu et faisaient allusion à une sorte de supercherie. Selon le journaliste, ils avaient été les gourous d'une secte mais rien de très sérieux. L'auteur de la chronique avait cependant employé un ton acerbe et aurait-on cru, serait parti en croisade pour démystifier une aura peu ordinaire chez nos protagonistes. Ils avaient bel et bien été considérés comme des messies.

Yo T Luss n'était pas un scientifique. Il se limitait à admettre l'existence des cubes sans pouvoir déchiffrer leur véritable nature. Pourtant, leur étrangeté ne pouvait pas le laisser indifférent. Il décida d'en savoir un peu plus. Aussi commença-t-il par piocher des coordonnées au hasard. Il fallait bien débuter par quelque chose.

Il se retrouva instantanément dans le salon d'une jolie petite maison campagnarde de l'Illinois, proche du lac Michigan. L'intérieur, d'une grande sobriété, se composait d'un mobilier de facture artisanale, tout en bois et d'un poêle situé au centre de la pièce dans lequel crépitait un feu guilleret. L'atmosphère était douce et apaisante. Un enfant cria soudainement au-dessus de lui, suivi des pas plus lourds et précipités d'un adulte.

- Jonathan ! Mais qu'as-tu fais ? Oh ! c'est encore cette boite. Combien de pleurs te faudra-t-il pour comprendre que ce couvercle pince les doigts ? Je vais finir par la confisquer, tu comprends ? … bon, puisque tu y tiens tellement, je ne vais pas te l'enlever. Après tout, c'est ton apprentissage, débrouille toi avec elle mais fait attention, d'accord ?

Yo se promena tranquillement dans tout le rez-de-chaussée. Il avait tout son temps. Curieusement, le lieu était assez similaire aux habitations qu'il connaissait, notamment sa propre maison. Tout était pensé pour durer, les matières plastiques en avaient été bannies, les araignées y vivaient paisiblement tapies au fond de leurs toiles. Seul l'absence d'appareillage électronique contrastait fortement avec son univers.

Yo enregistra quelques notes, inspecta distraitement les meubles et les étagères à la recherche des cubes puis sortit de la maison par une fenêtre restée ouverte.

Un nombre important de personne attendait par petits groupes sur le chemin qui menait à la maison, devant la petite barrière en bois. Que faisait donc tous ces gens ? Certains avaient planté une tente, d'autres jouaient un air de guitare ou encore psalmodiait des cantiques. Cette procession était vraiment insolite.

Yo se dirigea vers un petit atelier d'où s'échappait la plainte d'une scie. La porte étant fermée, il s'approcha d'une fenêtre et découvrit pour la

70

première fois M. Stingfall. C'était un homme plutôt petit mais bien charpenté. Sa joue gauche portait la trace d'une ancienne blessure, une longue cicatrice qui lui donnait un air de repris de justice.

Il fabriquait consciencieusement un meuble. Une armoire d'une bien belle allure. Roland fouilla une étagère, ouvrit quelques boites et ôta finalement son tablier. Il sortit de la grange et se dirigea vers la maison. Yo en profita et le suivit de très près.

Ce genre de filature demandait toujours une vive attention et beaucoup d'expérience. Bien que Yo soit immatériel pour des organismes vivants, il n'en était pas de même pour la matière inerte. L'air par exemple, est invisible mais se cogne aux montagnes, aux arbres, aux objets... Comme le vent, Yo pouvait parfaitement heurter un objet et le déplacer malencontreusement. Il ne devait donc en aucun cas interagir avec l'environnement dans lequel il évoluait. Écraser un jouet, négligemment abandonné, pouvait provoquer une catastrophe. Ainsi était Yo, imperceptible, éthéré mais terriblement présent.

Il profita de l'ouverture de la porte d'entrée pour se glisser de nouveau dans la maison. C'était

71

assez aisé pour un professionnel comme lui. Il lui suffisait de se superposer au corps de la personne qu'il suivait et d'en calquer les moindres mouvements. Cela demandait tout de même une grande dose d'anticipation.

Roland ferma la fenêtre de la cuisine et monta au premier étage suivi de près par Yo.

-       Lucie, il me manque une poignée de vis. Je vais au village. As-tu besoin de quelque chose ?

Yo découvrit une femme tout à fait charmante. Elle portait en elle, la même sérénité et la même magnanimité que son mari. Décidément pensa-t-il, ce couple, cette maison, nous ressemble beaucoup. Leurs regards trahissaient entre eux, un sentiment amoureux d'une grande vitalité. Ils étaient beaux, simples, enviables aurait dit un Homme de leur époque.

-       Bah non, je n'ai besoin de rien.

-       Bon dans ce cas je file, j'ai promis l'armoire de Mme Trewson pour demain. Ça va être tendu.

-       OK, soit prudent, lui dit Lucie en souriant.

Ils échangèrent un clin d'œil malicieux et plein d'admiration l'un pour l'autre. Roland vola au-dessus des marches et sortit en claquant la porte.

Yo resta un moment auprès de Lucie et l'observa confectionner un vêtement. Elle avait sensiblement le même âge que son mari, c'est à dire qu'ils étaient quasiment des nouveaux nés pour lui. Une soudaine envie de voir le corps nu de cette adorable créature le paralysa un instant. Il en avait la possibilité, la suivre incognito sous sa douche ou dans son lit. Il chassa vite cette pensée qui était totalement prohibée par son ordre et s'enfuit précipitamment.

Il passa d'une pièce à une autre, examina les recoins, les bords des fenêtres, toujours à la recherche des étranges cubes noirs. Jusqu'à la chambre de l'enfant. Il s'arrêta sur le seuil de la porte et se figea. Le petit garçon le regardait fixement. Yo fronça les sourcils, totalement désarçonné par cette scène inédite. Jamais, au cours de sa longue carrière, un terrien ne l'avait observé de cette façon. Les regards pouvaient se croiser certes mais c'était toujours fortuit. Il y avait autre chose dans les yeux de ce jeune garçon. Yo avança un peu et fouilla la poche de sa combinaison afin de vérifier l'état de son transpondeur mais l'enfant se mit aussitôt à hurler comme un diable. Lucie se précipita immédiatement dans la chambre, traversa Yo et s'agenouilla auprès de son fils.

-       Jonathan ! Qu'est qu'il y a encore ? l'interrogea-t-elle paniquée.

Sa mère regarda ses doigts.

-       Tu n'as rien cette fois ... oh Jonathan, pourquoi hurles-tu comme ça ?

Elle prit dans ses bras l'enfant, qui bientôt cessa de pleurer. Par-dessus l'épaule de sa mère, il continuait à regarder l'entrée de sa chambre.

Yo se retourna, mais ne vit rien qui ait pu retenir l'attention de l'enfant. Que pouvait donc avoir vu ce petit homme ? Il est absurde que ce soit moi la cause de ce hurlement de frayeur. C'est tout à fait impossible pensa-t-il pour se rassurer.

Chapitre 7

Roland se réveilla de bonne heure couvert d'une fine rosée. Le banc avait imprimé de grosses lignes verticales sur le côté droit de son visage et meurtrit plusieurs de ses côtes. Il avait soif et faim. Rien d'étonnant à cela. Il n'avait rien avalé depuis son gargantuesque repas dans le bus.

Il quitta le parc en quête d'un café, non sans avoir empli ses poumons d'une grande bouffée d'oxygène, avant de plonger au cœur de la ville. Il se restaura chez « Crops and Chips » de choses qu'il n'avait jamais mangées et qu'il choisit donc par hasard. Ce n'était pas mauvais, cela avait du goût quoique bien trop sucré. Malgré le bruit incessant de la ville et ses odeurs innommables, la marche lui fit du bien. Il retourna à l'université, entra par une immense porte et attendit l'ouverture du secrétariat. A huit heures, une femme âgée, sombre et maussade se présenta derrière le guichet. Roland lui demanda le bureau de Mme Burn. Elle le regarda d'un air suspicieux.

-    Mme Burn, Stéphanie Burn répéta Roland,

- Oui, oui, j'ai compris, je ne suis pas sourde ! Que lui voulez-vous ?
- Ben, lui dire bonjour.
- Lui dire bonjour ? Comme ça ? Vous êtes un ami ?
- Oui, je pense. Elle a dormi chez moi plusieurs fois sur mon île.

L'hôtesse d'accueil le regarda de la tête au pied.

- Vous pensez ? Sur votre île ? Je commence à comprendre à qui j'ai affaire ! De toute façon les profs ne sont pas arrivés. Vous devez attendre.
- Dites-moi au moins où se trouve le laboratoire de Mme Burn, dit-il patiemment.

La femme était exaspérée. Quel plouc ! Venir me faire chier de si bonne heure. Pas même le temps de prendre un café, pensa-t-elle et pour clore au plus vite la discussion, elle vomit une volée d'indications au débit élevé.

- C'est très très simple. Vous suivez le couloir principal, tournez à droite, prenez le passage D, traversez l'atrium, porte F escalier B4, longez le corridor vitré, redescendez devant l'auditorium, pour rejoindre le grand parc, longez le péristyle et là vous demanderez à quelqu'un parce que mon café m'attend, dit-elle avec un rictus sarcastique.

Roland ne manqua pas de la remercier et se promena dans ce lieu immense et calme. Il se plut à déambuler de couloirs en couloirs, d'un jardin à un autre, parfois en revenant sans comprendre comment, à son point de départ : le hall principal. Il réussit néanmoins à trouver le bureau de Stéphanie tout à fait par fortune puis un peu plus loin, l'entrée d'un laboratoire de physique dont la porte était solidement fermée. Sa déception fut plus grande encore lorsqu'il se rendit compte qu'il était dans une zone sécurisée. Il ne lui sera pas aisé de pénétrer dans ce laboratoire.

Sa première intention qui consistait à reprendre son cube, sans rien ne demander à personne, lui semblait maintenant d'une grotesque naïveté. En outre il était persuadé que Stéphanie ne le laisserait jamais repartir avec. Que pouvait-il faire ? Repartir chez lui, sans le cube, serait le condamner à d'atroces souffrances. Rester ici dans ce monde insensé, le préserverait des douleurs mais il mourrait à petit feu, loin des siens. Roland pressentait, qu'il devait néanmoins entrer coûte que coûte en possession de l'objet. Une petite voix intérieure le lui conseillait fermement. Personne d'autre que toi et surtout pas Stéphanie, doit se mêler de cette histoire, lui disait-elle.

Il en était là de ses réflexions, lorsque Stéphanie pointa le bout de son nez. Roland s'enfonça derrière un distributeur de boisson. Les pas se rapprochaient. Il entendit une porte s'ouvrir et se refermer. Roland sortit de sa piètre cachette lorsqu'une deuxième personne arriva promptement. Il n'eut pas le temps de se replacer et resta donc planté devant la machine. Heureusement, l'homme ne lui prêta aucune attention, introduisit une sorte de petit rectangle dans la fente du boîtier situé au-dessus de la poignée de porte qui émit un petit cliquetis et entra. Voilà donc ce que Roland devait obtenir, l'une de ces petites cartes blanches. La messe était dite. Il resterait à Chicago autant de temps qu'il lui faudra pour reprendre son cube.

Roland retourna chez « Crops and Chips » car il y avait vu une petite annonce de location d'un studio. Après quelques tergiversations avec le tôlier, celui-ci consentit à téléphoner pour lui. Le rendez-vous fut pris dans l'après-midi.

L'appartement se situait un peu loin du centre universitaire mais la distance restait convenable. Le propriétaire, un homme bedonnant, arriva à 15h00 comme prévu. Il fut bien surpris de voir le pêcheur. Sans préambule, il commença un interrogatoire :

- Vous êtes le père ?
- Le père ? Répliqua Roland qui ne comprenait pas.
- Houlà... ça commence mal. C'est pour vous ?
- Oui.
- Je ne loue qu'aux étudiants. C'est pourtant bien stipulé sur l'annonce !
- Ah ? Euh... je suis étudiant.

Roland sentit qu'il allait devoir batailler face à cet individu impérieux. Il n'aimait pas cela, pas du tout même, mais il se souvenait d'une préconisation de Diana : "*pour se faire respecter en ville, il faut être un prédateur, transforme-toi en loup mon Rol*".

- Étudiant ? Allons donc. Montrez-moi votre carte dans ce cas.
- Ma carte ? Quelle carte ? Répondit Roland

79

totalement désarçonné.

- Bouhh ! Votre carte d'étudiant !!
- Je... je ne l'ai pas encore, je viens d'arriver – le loup allait se faire bouffer tout cru.
- Pas de carte, pas d'appartement. Je perds mon temps avec vous.
- Monsieur, s'il vous plaît ! Il me faut ce logement. J'ai de l'argent. Je vous paierai d'avance. Et si un jour vous venez me rendre visite sur mon île, je vous logerai sans rien vous demander. Vous n'aurez aucun problème avec moi.
- Ça j'en suis moins sûr. Des rigolos comme vous, j'en ai vu passer des dizaines. Montrez-moi vos biffetons pour voir.

Roland lui montra son argent. L'homme réfléchit, l'œil torve.

- Je n'ai l'autorisation de louer qu'à des étudiants mais je vais faire une exception. A la seule condition que ça reste entre nous.
- Vous avez ma parole d'honneur monsieur.
- Mouef... bon, ça fera 450 dollars.
- 450 ! mais... sur l'annonce c'était 290 !
- 290 dollars le mois prochain si vous me montrez

une carte d'étudiant. C'est à prendre ou à laisser.

Le loup abdiqua, la queue basse en glapissant. Entre l'hôtesse d'accueil, les policiers, le propriétaire et les autres, Roland ne comprenait pas pourquoi les gens étaient si mauvais. N'y avait-il donc pas d'autres moyens pour eux d'exister que la confrontation et l'anéantissement de l'autre ? Était-ce la surpopulation qui conduisait à ce comportement ?

Roland n'avait pas le choix et il se moquait de l'argent mais il ne lui resterait plus grand chose et malheureusement ici, tout se payait en monnaie sonnante et trébuchante.

Le studio était vétuste et ridiculement petit. Il n'y avait qu'une seule fenêtre donnant sur la route. Au moins, il y avait un lit, une couverture, une douche, un petit cabinet de toilette et un coin cuisine. Cela suffira amplement.

Chapitre 8

Le laboratoire de physique fondamentale engloutissait une somme d'argent vertigineuse. Une partie de son équipement était constitué d'appareils spécifiquement conçus et assemblés par les chercheurs eux-mêmes. Des outils uniques au monde qui leur conféraient presque un statut d'œuvres d'arts. Une autre fraction non négligeable se composait d'instruments plus conventionnels mais non moins onéreux. Le salaire des chercheurs et les consommables tel que l'uranium, terminaient l'enveloppe budgétaire. Pour justifier un tel investissement, l'équipe devait donc produire des résultats. Lorsque Stéphanie apporta le cube, tous furent soulagés d'avoir peut-être là un sujet d'étude qui leur permettrait un financement pérenne. Certains révèrent même que leurs noms soient un jour gravés dans l'histoire.

Le cube restait toutefois un véritable casse-tête. Certes, sa masse était connu avec précision : 11,533333 kg, ses douze arrêtes mesuraient très exactement 3 cm et par conséquent ses 6 faces étaient rigoureusement identiques mais la suite des mesures n'avait donné aucun résultat probant. L'équipe avait commencé par une série d'applications « inoffensives », en étudiant la résonance, la lumière émise, etc. L'expérience du luxmètre fut répétée une bonne vingtaine de fois sans jamais parvenir à reproduire la courbe qu'avait enregistrée Stéphanie chez Roland. Elle restait désespérément plate. Ils sortirent ensuite la grosse artillerie, chauffèrent le cube, en étudièrent l'absorption calorifique. Ils utilisèrent un spectromètre, des rayons X et gamma... l'agressivité des tests culmina par l'emploi d'un puissant laser après avoir échoué au forage par une tête diamant. Mais rien n'entama un seul atome de cette matière incroyable. Le cube restait insondable, hermétiquement abscons.

Ils avaient épuisé l'ensemble de leur arsenal scientifique et réfléchissaient à donner une suite à leur investigation.

- Ce bloc n'a pas pu être taillé par qui que ce soit.
- Bravo ! C'est la seule certitude que nous ayons. Quel progrès !

83

- Il nous reste l'hypothèse d'une hyper cristallisation mais tout de même de cette taille ! C'est du jamais vu.
- C'est peut-être ça et le cristal a pu se former ailleurs que sur la Terre.
- Pour résumer : nous serions donc en présence de la première « pierre précieuse » d'origine extra-terrestre, l'objet à émit de la lumière, nous en avons une preuve et serait constitué d'une matière inconnue. Messieurs, ce que nous avons là, c'est une bombe.

Malgré leurs échecs, tout ce petit monde était extrêmement exalté. Stéphanie endossa son rôle de directrice pour positionner l'équipe.

- OK, écoutez. Premièrement, l'existence du cube doit rester totalement confidentielle. Entendez-moi bien : pas un seul mot ne doit sortir de cette pièce. Essentiellement parce que nous perdrions le contrôle de nos expérimentations et le cristal lui-même. Êtes-vous d'accord sur ce principe ?

Ce fut un oui unanime.

- Bien. Avant de publier quoi que ce soit nous allons continuer nos recherches. Deuxièmement, je propose que Brian et Brandon m'accompagnent : nous retournons sur l'île interroger le pêcheur. Si besoin nous le ramènerons ici. Le reste de l'équipe travaille au labo. Inventez, soyez imaginatifs.

Les trois chercheurs retournèrent sur le petit bout de terre. Stéphanie remarqua de nouveaux changements sur l'île. Les toits possédaient presque tous des panneaux solaires et une multitude d'éoliennes avait élu domicile sur les pentes de la montagne. La plupart des petits bateaux de pêche avait désormais de jolies voiles multicolores. Ces gens ont décidément de la suite dans leurs idées, pensa-t-elle.

Jean et Diana accueillirent Stéphanie chaleureusement mais très vite l'incompréhension s'installa.

- Rol n'est pas avec vous ? Demanda Jean très inquiet.
- Comment ça, pas avec nous ?
- Mais il est parti pour vous rejoindre à Chicago !

85

- Il est parti ? … à Chicago ? faillit s'étouffer Stéphanie.
- Mais oui ! Oh mon dieu, que lui est-il arrivé ?
- Depuis combien de temps ?
- Cela va faire trois semaines. Il avait des maux de tête terribles.
- J'aurais dû l'accompagner jusqu'au bout, prononça Diana d'une voix tremblotante. Avec cette migraine, dans un monde qu'il n'a jamais connu... Quelle idiote !
- Ce n'est pas de ta faute Diana, la rassura Jean. Mais je pense que nous devrions faire quelque chose. Nous savons qu'il a pris un bus pour Chicago.
- Stéphanie, j'ai peut-être une piste proposa Diana. Un professeur du nom de Hans du Holy cross Hospital. Roland devait lui remettre une lettre pour une analyse complémentaire, un scanner. Peut-être pourriez-vous...
- Il avait si mal que cela pour justifier un scanner ? Demanda Stéphanie, à son tour inquiète.
- Oh oui qu'il avait mal, le bougre. C'est ce fichu médecin de Barnstable qui nous a tous fichu la

trouille avec son scan. Il avait des soupçons sur l'existence d'une possible tumeur.

- Je comprends en effet. Bon, j'irais voir ce professeur Hans. Je lancerai parallèlement un avis de recherche même si je n'ai pas beaucoup d'espoir qu'il aboutisse. On peut tout de même essayer. Auriez-vous une photographie de Roland ?

- Peut-être chez lui. Nous avons fermé la maison. Venez avec moi, je vais vous donner la clé, dit Jean.

Chez Roland, les scientifiques trouvèrent une seule et unique photo au format passeport. Elle conviendra. Le petit groupe en profita pour chercher quelques indices que Roland aurait pu laisser en rapport avec le cube mais ne trouvèrent rien.

De retour à Chicago, le professeur Hans apprit à Stéphanie qu'il n'avait jamais vu M. Stingfall et lui promit de l'avertir s'il venait à se présenter.

Elle informa Jean par téléphone du résultat de son enquête et l'avisa qu'un avis de recherche était lancé.

Chapitre 9

Les cubes que Yo avait trouvé dans le cimetière étaient à n'en pas douter des pièces très rares mais justifiaient-ils pour autant un rapport ? Il en doutait. Il continua malgré tout à voyager dans la vie de Roland et Lucie, par curiosité et par vacuité. On ne lui avait donné aucune mission précise depuis un certain temps et il se languissait. Son métier allait à vau-l'eau et il en était certain, rejoindrait un jour la longue liste funèbre des métiers oubliés. Oui, c'était triste lorsqu'il y pensait.

Le protocole voulait que les objets rares, avant de partir aux archives, portent une étiquette sur laquelle on apposait le nom du concepteur, la fonction de l'objet, le nombre d'exemplaire et une date de naissance. Ainsi, Yo T Luss voyageait-il aussi par conscience professionnelle.

Cette fois il se retrouva nonchalamment en 2016, dans une sordide chambre d'étudiant. Il observa M. Stingfall pour la quatrième fois mais eut peine à croire qu'il s'agissait du même homme. Le type n'était pas en grande forme ; ses joues s'étaient creusées et

89

son teint d'une couleur grise soulignait une grande inquiétude. Apparemment il vivait seul dans ce lugubre espace qu'une seule petite fenêtre, placée haut dans le mur, éclairait. Roland restait des heures entières, assis sur une chaise, la tête levée, le cou tordu, totalement absorbé par un petit bout du ciel.

L'état des lieux fut rapide : il n'y avait pas l'ombre d'un cube noir ici. Le couple les avait sans doute acquis plus tard dans leur vie. Dommage. Il resta néanmoins avec Roland et leva la tête avec lui. C'est vrai qu'il était beau ce petit bout de ciel. Vu d'ici, il ressemblait à un lagon d'eau pure. Un avion le traversa. S'il n'y avait pas eu cette traînée blanche, on aurait pu y voir un poisson. C'est sans doute ce que voyait Roland. Yo s'allongea ensuite sur le sol et dormit un instant. Une heure, peut-être deux.

Roland se leva. Il prit sa veste jaune pleine de taches et s'apprêta à sortir. Yo se releva d'un bond rapide, le rejoignit, franchit la porte sans encombre et suivit l'infortuné dans les rues de Chicago. Ils firent ensemble, une longue marche avant d'entrer dans un supermarché. Yo se demanda pourquoi Roland ne prenait pas les transports en communs car l'homme semblait vraiment terrifié par la ville. Il s'arrêtait parfois de longues minutes dans des rues calmes ou des cours intérieures comme pour reprendre son souffle.

Dans le magasin, Roland déambula d'un rayonnage à un autre sans prêter attention aux produits qui les garnissaient. Il semblait plus préoccupé par les clients qui vaquaient à leurs achats, en les observant d'un air inquiet. Yo avait du mal à comprendre son comportement mais il ne tarda pas à saisir la manœuvre. Roland s'engouffra dans une allée déserte, s'arrêta, regarda à gauche puis à droite et un paquet de pancake disparut brusquement sous son pull. Il était aussi rouge qu'une tomate et sa main tremblait mais il continua malgré tout son petit manège. Il avait repéré un flacon de sirop d'érable qui visiblement lui faisait grande envie mais malheureusement l'endroit était très fréquenté. Un vrai boulevard. Il y avait toujours quelqu'un pour contrarier son plan. A la quatrième tentative, Roland plongea maladroitement le flacon dans sa poche au moment même où Lucie déboula dans le rayon. Ah,

91

ah... tout ça commence à devenir intéressant, songeait Yo qui s'amusait de plus en plus. C'est donc ici qu'ils se sont rencontrés !

Lucie qui avait été témoin du vol, souriait et fit semblant de n'avoir rien vu. Elle suivit discrètement le ballet de l'homme à la vareuse. Celui-ci devenait de plus en plus gros, encombré de produits de toutes sortes. Il semblait ne plus pouvoir s'arrêter. Méfie-toi Roland, tu es trop gourmand, aurait voulu lui dire Yo qui se délectait du spectacle. Cependant il sentit subrepticement la présence d'un 4ème protagoniste. Quelque chose d'indicible, semblable à ce qu'il avait vécu la nuit au cimetière. Une présence invisible les observait tous les trois. C'était idiot. Il s'efforça de chasser cette impression saugrenue.

Lorsque Roland jugea qu'il avait suffisamment de provisions, il chercha un passage libre d'accès à la frontière des caisses enregistreuses, véritable douane payante. Roland fit plusieurs aller-retours à la lisière de cette ligne Maginot, complètement désorienté. Brusquement, il s'engouffra dans une brèche mais bouscula

92

gauchement une cliente. Un pot de confiture tomba de sa poche et se brisa en un bruit mat. Ploc. Une épaisse coulée orange se répandit sur le sol. Paniqué, il continua dans son élan, jouant des coudes et des bras et termina sa course en se cognant au torse d'un grand gaillard qui resserra aussitôt sa prise. Roland était ferré comme un poisson dans les nasses d'un pêcheur.

Yo pouvait voir dans ses yeux une immense détresse et eu pitié de lui. Mais que pouvait-il faire ? Le pauvre se débattait comme un diable, criant son innocence, implorant qu'on le laissa retourner sur son île. Il criait vouloir revoir ses amis, son bateau, sa maison rouge... c'était vraiment poignant.

C'est alors que Lucie qui s'était précipité intervint :

- Laissez-le partir, je payerai ce qu'il a volé.
- Ce n'est pas possible. Mon job c'est d'intercepter les délinquants, répondit l'agent de sécurité.
- Allons, soyez gentil monsieur, vous voyez bien que cet homme n'est pas un voyou.

Roland ne se débattait plus, il regardait Lucie intensément.

93

- Qu'en savez-vous ? J'ai des consignes, madame. Je dois appeler la police qui procédera à son arrestation.
- Faisons un inventaire, je réglerai la note et l'affaire est entendue, insista Lucie qui s'était rapproché tout près du gardien.

Yo qui observait la scène fut alors le témoin d'un étrange événement. Lucie venait de poser une main amicale sur le bras du colosse qui changea brusquement d'attitude. Pouvait-il être si sensible aux charmes indéniables de cette femme pour que ce simple contact le transformât à ce point ? Toujours est-il qu'il lâcha sa prise, subitement hébété et regarda autour de lui avec curiosité.

Roland profita de ce flottement pour s'enfuir à toute jambe, laissant tomber crêpes, pâtes, bocaux et tubes qui glissaient sur le sol, s'écrasaient contre les vitres ou explosaient au sol à grand bruit.

- Monsieur ! Monsieur ! Attendez ! criait Lucie.

Elle courut dans son sillage, suivie de Yo mais sans pouvoir le rattraper. Roland continua sa course folle dans les rues bondées de la ville et disparu, happé par la foule.

Yo n'était pas déçu par cette journée. Un phénomène nouveau s'était produit mais la sensation qu'il avait perçu d'être observé l'inquiétait un peu. Décidément, son enquête ne manquait pas de piquant.

Chapitre 10

Le laboratoire restait un coffre-fort inaccessible. Roland y retournait presque chaque jour. Au début, il avait essayé d'ouvrir cette satanée porte avec un bout de carton, puis en utilisant un petit rectangle de plastique rigide. Il avait pensé voler une de leur carte magnétique mais la chose n'était pas aisée et le répugnait. A la longue, il connut par cœur l'emploi du temps des gens qui travaillaient ici et finit même par découvrir l'adresse du domicile de Stéphanie. Il l'avait épiée un soir qu'elle rentrait chez elle.

Cela faisait très exactement un mois que Roland occupait le petit studio. Il n'avait plus d'argent et lorsque le propriétaire revint percevoir sa dîme, il se retrouva à la rue. L'homme avait été d'une cruauté sans appel. Un de ces connards indécrottables.

C'était un lundi. Le proprio avait frappé à la porte une première fois puis tant et tant que Roland crut sa dernière heure arrivée. Une tempête s'annonçait sur le petit bout de mer qu'il apercevait tout là-haut dans le ciel. Il se leva de sa chaise et lorsqu'il ouvrit la porte, l'homme pénétra, impérieux, comme une bourrasque d'un vent soudain. Il se boucha les narines.

- Pouah ! Non d'un chien, qu'est-ce que ça pue ici !
- Bonjour Monsieur, marmonna piteusement Roland.
- Je viens chercher vous savez quoi et pas d'entourloupe hein.
- Je ne peux pas vous donner d'argent aujourd'hui monsieur mais j'vous promets de payer, donnez-moi quelques jours.

Ce fut les seuls mots que Roland réussit à dire.

- Ne me prenez pas pour un con. Je ne suis pas un de ces culs bénis qui s'tripote en attendant que la journée passe. Ramassez vos affaires et foutez-moi le camp d'ici !

Roland s'exécuta. Il n'avait pas grand-chose, l'opération lui prit très peu de temps mais déjà l'indécrottable s'impatientait, sûr de son droit.

- Grouillez-vous bordel, je n'ai pas que ça à faire moi !

Roland s'apprêta à quitter l'endroit.

97

-    Hé, hé ! pas si vite l'hamster, tu me balayes cette porcherie, dit-il en ouvrant la fenêtre. Allez, allez... Vous seriez un nègre que j'vous aurez déjà -il réfléchit- ouais bon, de toute façon vous ne seriez pas mon locataire.

Lorsque tout fut terminé, l'exécrable type empoigna la valise de Roland et la jeta dehors puis il saisit le bras de Roland et l'entraîna sans ménagement sur le palier.

-    J'vais vous dire mon p'tit bonhomme, dit-il en tapotant de son index la poitrine de Roland, je n'aime pas les bons à rien dans votre genre. Vous avez p'être perdu votre travail, votre femme vous a quitté et vous avez des dettes, j'en ai rien à secouer. C'est de votre faute. Rentrez-vous bien ça dans le crâne. Je ne veux plus vous revoir dans ma ville.

Il ferma le studio à clé et poussa l'infortuné.

-    Allez, dégage du perron, vermine

Roland ramassa sa valise et ils sortirent tous les deux dans la rue. Lorsque le type fut enfin parti, il rejoignit le parc Washington et se laissa choir sur son banc préféré.

La violence qu'il venait de vivre l'avait épuisé. Pourquoi cet homme avait-il usé de sa force comme ça ? C'était idiot, fréquent chez les gens qui manquaient de psychologie ou d'assurance peut-être. Roland était si inoffensif, qu'il avait dû sans le vouloir, exacerber le venin de cet homme, en lui donnant l'illusion de sa toute puissance. Roland s'en voulait de porter un jugement car au fond de lui il s'efforçait à ne jamais condamner les gens. La méchanceté et la cupidité pouvaient être la conséquence de quelque chose qui dépassait cet individu. Les humains étaient pour lui, des êtres bons, doués d'une conscience exceptionnelle qui devait logiquement les amener à considérer toutes vies, de la plus anodine à la plus complexe, comme un joyau inestimable. En milieu insulaire, pauvre, l'entraide est une loi fondamentale pour la survie. Les Hommes quels qu'ils soient ont une valeur unique, précieuse et irremplaçable. Il en est de même pour chaque parcelle de vie, animale ou végétale. Jusqu'à présent Roland n'avait existé que sur son île, alors forcément, il ne pouvait pas comprendre cette ville. Ici, la notion de territoire, l'accaparation de toutes choses, l'argent, prenaient un poids incommensurable. La violence était omniprésente. Une fureur inouïe des Hommes sur d'autres Hommes, envers les animaux, l'environnement. Il fallait lutter chaque jour contre une machinerie qu'ils avaient eux-mêmes inventée. Ce combat quotidien nourrissait le système. La machine s'emballait. Il fallait s'adapter ou disparaître. Mettre un pied sur un barreau de l'échelle sociale se résumait à écraser l'autre, pousser quelqu'un pour s'agripper comme on pouvait au barreau suivant puis jouer des coudes de nouveau, parce qu'un bras venait vous gêner dans votre ascension. L'argent, ce Graal inaccessible se trouvait en haut de l'échelle, bien au-delà de la lune pour beaucoup. Cette richesse mesure votre ascension sociale, vous ouvre les portes d'un autre monde mais en referme d'autres. Le confort devient un peu plus soyeux, les loisirs plus accessibles, le pouvoir plus visible mais les gens en dessous de vous, ceux-là mêmes dont vous faisiez partie, de plus en plus inconvenants. Et alors ? Alors, il faudra recommencer, parce que vous vous ennuierez, parce que bientôt vous vous languirez pour la "caste" au-dessus de vous qui part plus loin et plus longtemps en vacances. Au final tout cela engendrait une société d'envieux consommateurs. Un grain de sable mal placé et tout s'écroulait dans un chaos indescriptible. *"En attendant l'apocalypse moi je continue, rien à foutre des autres "*, aurait sans doute dit l'imbuvable propriétaire.

Comme il est difficile de sortir de ce bourbier. N'y a-t 'il donc aucune solution ? Stimuler la compassion pour toute forme de vie, c'était l'avis de Roland.

Il vécut quelques jours dans le parc Washington en puisant sur ses maigres provisions. Puis gauchement, il quémanda un peu de nourriture mais on ne lui en donna pas assez pour soulager son estomac. Lorsque la faim fut insupportable, il se résolut, non sans mal, à voler. Il devint un délinquant.

Un jour, alors qu'il chapardait plus que d'ordinaire, une femme était apparue pour l'aider en proposant de payer les marchandises volées. Profitant d'un changement radical d'humeur de l'homme qui le tenait, il s'enfuit à en perdre haleine. Pourquoi avait-

101

il pris autant de risques ce jour-là ? Roland n'eut su le dire. Peut-être parce qu'à ce moment précis, il s'était senti comme un poisson dans l'eau. Un phénomène anormal s'était produit : la disparition totale de son mal de tête, comme s'il se trouvait à l'université, très proche de son cube.

Petit à petit, il avait appris à lire l'intensité de ses migraines. La relation qui existait entre ces maux et la distance du cube était très étroite, précise. Ainsi, avait-il appris à se localiser dans la ville, un peu comme le ferait un GPS, sans même prendre la peine de regarder les noms des rues. Il s'orientait en fonction de la vivacité de sa douleur. En sortant du magasin, sa « boussole » était complétement détraquée, il ne savait plus où était son « Nord » et se perdit dans la ville.

Au mois de janvier, une vague de froid submergea le pays, contraignant Roland à quitter le parc Washington. Il se réfugia dans le métro et fit la connaissance de Peter, un SDF et ancien pêcheur comme lui. Ils se lièrent d'amitié et prirent très vite l'habitude de se raconter leurs vies d'avant. Ils

102

s'échappaient du métro, s'enfuyaient sur l'océan, partageaient les odeurs de la mer et le bruit des vagues. L'évocation du moindre détail, même une manille, les emportait vers le large.

-   Avec mon bateau, un p'tit rafiot sans prétention, je vivotais c'est sûr mais je crois que j'étais heureux. Un jour, un gros armateur est venu me voir pour le racheter. La somme n'était pas négligeable et il me proposait de m'embaucher sur un gros chalutier. Il fit la même proposition à tous mes potes pêcheurs. En fait ce qu'il voulait c'était le monopole de la zone. Nous avons accepté bêtement, pensant qu'il serait plus confortable d'avoir un salaire fixe et puis l'argent de nos bateaux nous permettait de souffler un peu. Nous nous sentions riches ! Quels cons ! pour ce qu'on en a fait de ce fric...

    Je ne revis jamais mon rafiot, pchiiit ! Parti en fumée. Je suppose qu'ils l'ont dépecé pour la ferraille. Sur le gros chalutier, c'en était terminé de notre tranquillité. Il fallait du rendement. Nous partions pour longtemps. Bah... Ça c'était pas grave, nous étions en mer et rien que l'idée, ça

103

valait l'coup. Mais on était 40 sur le chalutier, alors tu vois bien quoi, la solitude du marin en prenait un coup. Il fallait gérer l'humeur des hommes et marner sans cesse aussi. Lorsque le filet n'était pas à l'eau, on était à l'usine, dans la cale, pour transformer le poisson. On faisait dans la morue et dans le surimi. Une vraie boucherie. On pêchait n'importe quoi, même des espèces protégées. Y'avait quand même plus de morues mais n'empêche que je trouvais pas ça normal.

Un jour à l'usine, je me suis retrouvé nez à nez avec un dauphin. Il était blessé mais encore bien vivant et me regardait comme l'aurait fait un malade qui attend la mort. J'voyais bien dans ses yeux que sa dernière heure était arrivée. J'ai pas pu l'mettre aux surimi. Non, ça, je pouvais pas. Alors, avec un copain, on l'a porté jusqu'au pont. On en a chié, tu peux me croire, mais on l'a remis à l'eau.

Voilà. J'me suis engueulé avec le chef. Ça été ma dernière sortie en mer. Je ne suis plus jamais remonté sur un bateau. J'ai bien essayé de retrouver du boulot mais j'étais fiché. Plus tard, ils ont débarqué William et Gordon. L'un s'était cassé le bras et tu sais ce que ça veut dire un pêcheur sans bras et l'autre parce qu'il a fait comme moi mais avec un phoque. Quelle société de merde ! Voilà l'histoire et on s'est retrouvé tous les trois, ici à Chicago, parce qu'on nous avait dit qu'il y avait encore des petits pêcheurs sur le lac Michigan. Mouef... l'eau douce c'est pas pareil.

- Ils avaient le droit de faire ça ? Demanda Roland.
- De faire quoi ?
- Du surmiri.
- Du surimi ? Ben oui mais pas avec n'importe quoi. J'ai essayé d'alerter l'administration de la pêche et des loisirs mais pense-tu, y'a bien trop d'argent en jeu.
- Viens sur mon île, on te donnera un bateau et une maison. On fait pas dans le sur..imi chez nous.
- Bah... on verra ça. En attendant on va se faire une petite virée au bord du lac, ça te tente ? William et Gordon nous attendent.
- On reste à proximité de la ville hein ?
- Oui, t'inquiète pas. Mais pourquoi tu m'demande ça ?

105

-   Je... je ne peux pas trop m'éloigner sinon j'ai mal à la tête.

-   Sérieux ? T'es pas un mec banal toi !

Quelques jours auparavant, Peter avait introduit Roland dans leur repère. Un trou à rat sordide mais c'était mieux que rien. Ils étaient descendus à la station « Lake » et avaient longé les voies à l'intérieur du tunnel. Un passage étroit.

-   Faut faire attention, lorsqu'une rame passe, plaque-toi bien contre la paroi. Ici ça va encore mais plus loin, le métro peut facilement t'aspirer.

Après dix minutes de marche, Peter ouvrit une porte de service. Elle donnait sur un couloir très court au bout duquel se trouvait une seconde porte. Derrière, il y avait une vaste salle qui hébergeait une trentaine de vagabonds. L'air y était vicié, chargé d'odeurs d'urines et d'alcool. C'était d'un noir absolu. On entendait des voix, des murmures, le froissement des sacs de couchages et des éternuements.

-   Voilà ta nouvelle maison mon gars. On est 35 ici, 36 avec toi, c'est le max. On pourrait être plus nombreux mais le problème c'est l'oxygène, c'est

106

limite. La journée on ouvre les deux portes et même parfois la nuit. Attends-moi ici. Surtout ne t'aventure pas dans le noir. Je reviens.

Peter alluma une torche. Un pinceau de lumière perça un court instant les ténèbres, laissant apparaître çà et là des choses emmitouflées, vagues formes humaines ramassées ou couchées, ombres fantomatiques. La nuit se referma sur Roland, la tache de lumière n'était plus qu'une veilleuse, un phare tremblotant juché sur le front d'une terre émergeante. Il avait la désagréable sensation qu'il dérivait sur une mer noire et poisseuse, qu'un courant puissant l'emportait au loin. Mais après quelques minutes, un reflux le ramena vers son île. Le faisceau de lumière se rapprocha à une vitesse fulgurante et percuta les rétines de Roland soudain baigné comme une divinité, d'une lumière intense.

- Bon, c'est ok, résonna une voix sortie d'outre-tombe. Je leur ai dit que tu étais mon frère. Y'a des règles ici : pas de bagarre et tes besoins tu les fais ailleurs, sur les voies. Il te faudra une lampe aussi parce que t'as pas trop intérêt de marcher sur quelqu'un, ça pourrait mal finir.

107

Peter était un garçon sympa. Il aimait bien la compagnie de Roland. Sans doute à cause de la pêche. Il lui avait présenté William et Gordon, ses deux copains du grand chalutier, lui avait appris à mendier dans la rue, à se protéger du froid et à repérer les bonnes poubelles, celles des commerçants, des restos ou des quartiers riches.

-    Les poubelles des pauvres ça vaut rien, ils bouffent tout, même les os, lui dit-il. Dans ton cas, évite aussi de voler, tu serais vite repéré. Pour ça, il faut être riche, ou... avoir l'air de l'être.

Roland était un peu loin de son cube, ses maux de tête étaient acceptables mais lancinants, aussi revenait-il chaque jour dans le quartier de Hyde Parc et y restait de longues heures. Il n'allait plus à l'université. Son aspect ragoutant et son odeur très forte lui en avaient fermé les portes.

Son état se détériorait, il maigrissait et marchait avec difficulté. Un jour, un groupe de jeune gens l'avait caillassé. Roland avait reçu une pierre en pleine tête et s'était écroulé en se tordant une jambe.

108

La blessure de son crâne ne cicatrisait pas et perlait du sang qui séchait sur ses cheveux, les collants entre eux pour former une masse dure et indéfinissable. Il perdait progressivement la notion du temps et de sa propre identité. Il avait des difficultés à se souvenir pourquoi il était là, ce qu'il avait été et tout simplement ce qu'il était. " *Un con* " lui avait dit un jour Peter, qui apprenait que son ami était venu récupérer un objet très important et qu'on lui avait volé. " *Tu t'es foutu dans la merde pour un truc matériel. Retourne chez toi, ça vaudrait mieux* ".

Roland s'était mis à boire progressivement, comme tous les autres. Parce qu'à chaque fois, c'était comme une page qui se tournait, une fenêtre qui s'ouvrait sur un autre monde bien plus joyeux.

Chapitre 11

Roland restait introuvable. Ni le professeur Hans, ni aucun policier n'avaient appelé Stéphanie. Son mari avait été chargé, contre une petite rémunération, d'enquêter sur sa disparition et d'afficher partout dans la ville un avis de recherche qui ne suscita que la raillerie de petits farceurs. Pour obtenir des résultats concrets, il aurait fallu utiliser un canal télévisuel mais le coût était exorbitant.

Stéphanie commençait à désespérer, d'autant que le cube résistait à toutes les tentatives d'en percer le mystère.

Le miracle se produisit un soir, au moment où elle s'y attendait le moins. En sortant de son travail, elle emprunta la S Ellis ave jusqu'à la 59ème. Une altercation, en bordure du Reader's Garden, attira son attention. Il était assez inhabituel de voir des nécessiteux dans ce quartier huppé et Stéphanie avait pris l'habitude d'observer les passants. Elle traversa la 59ème pour observer la scène de plus près. Deux policiers demandaient au miséreux de se relever tout en le poussant du bout de leurs bottes. Ils n'osaient même pas le ramasser par les bras tellement son odeur était infecte.

En s'approchant encore, la stupeur fut énorme. La scientifique reconnut le visage de Roland. Malgré le choc de découvrir que l'homme n'était plus qu'une infâme bouillie de chair, d'os et de tissu puant elle en aurait pleuré de joie.

- Allez, debout mon gars, tu peux pas rester là.

Roland essaya de se relever. Il réussit à se tenir à quatre pattes un instant et s'écroula sur le côté.

- Merde, il est complètement saoul. Joe, t'as pas un mouchoir parce que là j'en peux plus.

- Qu'est-ce qu'on va faire de lui ?

- J'en sais rien, putain il fait chier, merde. On va tout de même pas le mettre dans la voiture.

- Certainement pas ! Faudrait une bétaillère et encore...

- Pauvre gars tout d'même.

Stéphanie interpella les policiers.

- Laissez-le, je le connais.

- C'est votre amant ? Dit l'un deux en riant bruyamment.

Elle les toisa du regard, s'accroupit et prit la

main de l'homme non sans éprouver un haut le cœur.

- Roland ? C'est Stéphanie. Te souviens-tu de moi ?

Le pêcheur ouvrit les paupières. Son regard était vide, il ne semblait pas voir le visage de la femme. Il regardait ailleurs, la beauté des images d'un songe. Il sourit. Mon dieu, tout cela est de ma faute, songea Stéphanie.

- As-tu mal quelque part Roland ? Comment vont tes maux de têtes ?

- …

- Bon, mais que comptez-vous faire madame ? Nous n'allons pas rester plantés ici, intervint un policier.

- Nous allons le transporter à l'université pour cette nuit.

- Ah non ! Moi je ne touche pas à ça, s'écria le plus jeune des policiers.

- Vous allez faire ce que je vous demande ! Le prendre chacun sous un bras et le conduire où je vous dis ! Voulez-vous que j'alerte votre hiérarchie pour non-assistance à personne en danger ? Cria Stéphanie excédée.

Les policiers échangèrent un regard. Cette

112

femme n'avait pas l'air de plaisanter et faisait visiblement partie d'une élite. Mieux valait ne pas moufter. De plus, ils évitaient de l'embarquer dans leur voiture.

- Oui ! Je suis l'administrative de l'université et croyez-moi, vous allez entendre parler de moi si vous n'exécutez pas mon ordre ! mentit-elle en devinant leur pensée.

Les deux hommes s'exécutèrent promptement. Ils soulevèrent la chose avec dégoût, en se pinçant le nez de leur main libre et suivirent la femme autoritaire. Roland n'opposa aucune résistance, laissant traîner ses pieds comme s'il n'avait été qu'un corps sans vie. A l'intérieur du bâtiment, les étudiants et le personnel s'écartaient devant eux et évitaient de revenir dans leur sillage.

- C'est ici, dit Stéphanie en ouvrant la porte. Déshabillez-le et aidez-le à prendre une douche, vous l'allongerez ensuite sur ce lit et votre mission sera terminée.

Stéphanie sortit de la chambre et revint avec un gros sac poubelle dans lequel elle fourra tous les habits du pauvre homme. Elle ouvrit ensuite la fenêtre en grand, se lava les mains et vaporisa l'atmosphère d'un nuage de parfum synthétique jusque dans le couloir. Lorsque tout fut terminé, elle congédia les deux policiers en les remerciant.

-    Nous allons le laisser se reposer. Voulez-vous boire quelque chose ?

-    Bah... ce n'est pas de refus.

Ils prirent une bière à la cafétéria et quittèrent l'établissement. Lorsque Stéphanie revint, Roland était profondément endormi. Elle ferma la fenêtre et la porte à clé puis téléphona à son mari.

-    Je ne rentrerai pas ce soir. Je dors à l'université.

-    Des problèmes ?

-    Non bien au contraire. Nous avons retrouvé notre homme. Demain, tu pourras décoller toutes les affiches que tu as placardées dans la ville.

Elle raccrocha sans en dire d'avantage et s'installa pour la nuit dans une chambre voisine.

Elle se réveilla tôt le lendemain, prépara un petit déjeuner pour Roland et s'installa dans sa chambre. Il dormait toujours. Son visage émincé n'était pas très beau à voir, constellé de rougeurs et d'une plaie au-dessus du front, perlait quelques gouttes de sang. Cet homme était si heureux sur son île et voilà que je débarque pour tout foutre en l'air. Stéphanie était partagée entre la honte et l'occasion unique qui s'offrait de pouvoir enfin travailler avec Roland.

Elle nettoya la plaie. L'odeur d'éther s'insinua dans les rêves du pêcheur. Il ouvrit les yeux. Une grande femme émergea des eaux sombres entourée d'une myriade de petits poissons d'un bleu turquoise phosphorescent. Elle portait un petit flacon et du coton dans une main. Le visage lui était familier. Il chercha dans sa mémoire pélagique.

- Bonjour Roland, dit doucement la sirène. Je suis Stéphanie, te souviens-tu de moi ?

- Où suis-je madame, finit-il par dire en roulant les yeux à l'intérieur de leurs orbites.

- Tu es dans une chambre de l'université, l'endroit où je travaille. Nous t'avons trouvé hier dans la rue et amené ici. Veux-tu déjeuner ?

- Stéphanie... je vous reconnais maintenant. Oui, j'ai très faim, répliqua-t-il en se redressant péniblement.

Stéphanie assise au bord du lit, lui présenta

un plateau et le regarda silencieusement engloutir tout ce qui était comestible. Ces retrouvailles étaient une aubaine, encore faudrait-il que Roland se montrât coopératif.

- Ne bouge pas, je vais te chercher autre chose.

Elle se leva et quitta la chambre. Elle renonça, après un instant d'hésitation, à fermer la porte à clé. Roland était nu comme un vers. Elle avait jeté l'ensemble de ses habits. Il n'osera pas s'évader dans cette nudité. Elle revint peu de temps après avec un second plateau débordant de brioches, pains grillés, viennoiseries et d'une cafetière pleine. Stéphanie s'installa sur une chaise et se prépara à répondre du vol qu'elle avait perpétué dans la maison du pêcheur.

- Je suis vraiment désolée d'avoir commis cet acte impardonnable Roland. Tu sais, dans la nuit, il s'est passé quelque chose d'incroyable. Ton cube a émis de la lumière.

Elle marqua un temps d'arrêt, observa Roland attentivement. Il n'était pas particulièrement étonné de cette information.

- Je n'ai pas réussi à me contenir. Tout cela était trop important.

- Ce n'est pas grave Mme Burn, je vous comprends. J'ai chapardé moi aussi pour me nourrir, j'ai ressenti de la honte. Vous, vous avez volé pour nourrir votre curiosité.

Cet homme est vraiment incroyable, songea Stéphanie. En une phrase, un sourire, il réussit à briser en éclat mes remords sans garder une seule trace de désapprobation à mon égard. Cet être humain est un rédempteur.

- Saviez-vous que votre cube émettait de la lumière Roland ?
- Oui... hésita-t-il.

Ainsi Roland le savait. Mais pourquoi un tel mutisme ? Qu'est ce qui se cache derrière tout ça ? Il ne sera pas facile de lui tirer les vers du nez. Stéphanie changea de sujet, le temps d'élaborer une stratégie.

- Je suis revenue sur l'île il y a cinq mois tu sais. Tout le monde s'inquiète beaucoup là-bas. Je vais prévenir Jean que tu vas bien. Ils seront soulagés de te savoir entre de bonnes mains. Ils m'ont appris que tu avais eu de terribles maux de tête après mon départ. Est-ce que ça va mieux ?
- Oui, ça va beaucoup mieux. En fait, ils ont

presque disparu.

- Presque ? Tu devrais tout de même consulter le professeur Hans.

- Mme Burn, j'aimerais retourner chez moi. Pourriez-vous m'aider ? Je n'ai plus d'argent.

Elle ne pouvait pas lui refuser cette demande. Il avait vécu un cauchemar par sa faute. Elle y avait réfléchi et avait conclu, qu'après tout, elle pouvait parfaitement l'interroger avant son départ.

- C'est d'accord, je t'offrirai le billet de ton retour. Je te dois bien cela.

- Vraiment ? Et vous me redonnerez mon cube ?

Reprendre l'objet ?! L'hypothèse lui était tellement inconcevable que Stéphanie n'avait pas du tout envisagé cette option. Elle déglutit.

- Non Roland, je suis vraiment désolée mais je viens de le déclarer d'intérêt scientifique, auprès de la NASA. Il est donc réquisitionné par l'État, mentit Stéphanie.

- … mais c'est impossible ! Je dois retourner chez moi !

- Rien ne t'en empêche Roland.

- Mais bien sûr que si ! Je ne peux pas me séparer

du cube Mme Burn ! S'exclama-t-il piteusement...
Dans sa panique, Roland en avait trop dit.

- Tu ne peux pas te séparer de ton cube ? Mais pourquoi ?

- A cause des maux de tête, dit-il en baissant la tête.

- "*A cause des maux de tête*" répéta-t-elle pour elle-même. Stéphanie réfléchissait vite.

- Y aurait-il une relation entre ce cube et tes céphalées ?

- Oui ! hurla-t-il, désespéré d'avoir trahi quelqu'un ou quelque chose.

- Ton mal de tête s'est déclaré après que je sois partie en emportant le cube puis il a disparu lorsque tu es arrivé à Chicago. Ça ne prouve rien. C'est une coïncidence.

- Non madame Burn, balbutia-t-il.

- Explique moi Roland, dit Stéphanie de plus en plus intriguée.

- Si je m'éloigne du cube le mal revient, c'est pour ça que je suis souvent ici dans la rue.

- Systématiquement ? Je veux dire à chaque fois que tu t'éloignes ?

- Oui. Ici, je suis bien. Je sais que le cube est proche.

119

- Tes maux sont-ils plus ou moins forts ?
- Madame Burn ! arrêtez de me poser des questions, dit Roland en cachant son visage de ses mains. Puis tout bas, conquis, il rajouta :
- Oui, plus je m'éloigne, plus ils sont forts.
- C'est stupéfiant ! Ahurissant...
- C'est pour ça que je dois emporter le cube avec moi madame Burn.

L'objet dépassait l'entendement et surtout les compétences de la scientifique. Des idées lui parvenaient à toute vitesse. Il faudra étudier le couple objet/Roland, embaucher un neuroscientifique, un psychiatre même. Et s'il s'agissait d'une nouvelle arme de guerre, un prototype que l'armée aurait perdu et que Roland avait trouvé par hasard, n'était-il pas de son devoir de prévenir les autorités compétentes ? Tout cela dépassait ses prérogatives scientifiques. Elle devait réunir l'équipe.

De son côté, la confusion et le remord baignaient Roland. Le visage de sa geôlière exprimait une grande excitation. Il se disait qu'il n'aurait jamais dû divulguer ces détails. Il se rendait compte maintenant de l'importance de ses révélations. Mais que pouvait-il faire ? Il se serait bien volontiers séparé de ce maudit objet qui finalement ne lui avait apporté que des malheurs mais la perspective des douleurs le remplissait d'effroi. Il était pris dans un piège insoluble entre une femme ambitieuse et une mystérieuse enclume bien trop lourde à porter pour lui tout seul.

Stéphanie déchira le silence pesant qui s'était installé.

- Je suggère que tu restes quelques jours dans cette chambre. Tu n'es pas en état de repartir tout de suite. J'irais tout d'abord t'acheter des vêtements, ainsi tu seras libre de te promener à l'intérieur de toute l'université. C'est un lieu calme, tu y seras bien.

- C'est vrai, j'aime bien cet endroit, dit-il en soupirant.

- A midi, je te montrerai le réfectoire où nous dînerons ensemble puis nous irons chez un photographe pour ton badge « visiteur », cela vaut mieux. A moins que tu veuilles devenir étudiant ou professeur ?

121

- Pêcheur ?

Ils rirent de bon cœur pour la première fois.

- Nous avons quelques poissons rouges dans les fontaines des jardins mais je ne pense pas qu'ils justifieront un tel titre.

Sans réfléchir, Stéphanie qui était revenue au bord du lit, s'empara affectueusement de la main de Roland. Jamais ils n'avaient eu un contact aussi intime. Hier soir, elle lui avait tenue la main mais cela avait été un geste plus médical qu'affectueux. Cet homme aurait pu devenir mon mari, je crois que j'aurais été plus heureuse, songea-t-elle. La nudité de Roland, simplement voilée d'un léger drap blanc, lui procura une puissante bouffée de désir. Depuis quand n'avez-t-elle pas fait l'amour à son mari ? Elle rougit, lâcha précipitamment la main et se leva.

- Roland, j'ai besoin de toi... dit-elle confuse.

Chapitre 12

Lucie travaillait depuis cinq années à l'hôpital Saint Anthony et y faisait des prodiges. Nul ne sut jamais vraiment la vérité. Temporairement on subodora, on conjectura, on tenta d'expliquer le phénomène mais en définitive personne ne voulut en savoir d'avantage. C'était comme ça. Par contre à l'extérieur du complexe, il n'en allait pas de même et beaucoup s'interrogèrent sur ce qui se passait.

Deux années après l'arrivée de Lucie, le pourcentage de guérison des patients avait explosé. La réputation de l'établissement ne cessa de croître, à Chicago bien entendu mais aussi au-delà des frontières de la ville et même de l'Etat. L'hôpital reçu la distinction du meilleur centre hospitalier de la ville. Les malades se bousculaient pour y être admis. Malheureusement, victime de son succès, Saint Anthony ne pouvait accueillir tout le monde et beaucoup devait se résoudre à se replier sur un établissement de bas étage. C'est comme cela qu'était désormais qualifié les autres hôpitaux.

Jamais personne ne soupçonna ma mère, d'être à l'origine d'un tel miracle. Aux yeux de tous, Lucie n'était qu'une infirmière, rien de plus, prodiguant les soins que les médecins avaient ordonnés. Ce n'était pas à elle qu'incombait le soin de diagnostiquer la pathologie des malades.

Elle fut embauchée en 2011 après l'obtention de son diplôme. A cette époque, l'ambiance était délétère. Les médecins et les chirurgiens menaient une guerre hégémonique épouvantable. Chacun se prétendait meilleur que l'autre et les coups bas pleuvaient pour la conquête de telle ou telle place dans la hiérarchie. Le personnel soignant en faisait les frais. Dans ce contexte, Lucie faisait profil bas. Elle savait et admettait, n'être qu'une petite main, exerçant son métier du mieux qu'elle le pouvait. Toujours avec beaucoup de compassion. Les malades l'aimaient bien.

Les premiers miracles apparurent au cours de l'année 2014. Lucie tomba malade. Elle se plaignit de maux de tête qu'aucun médecin ne réussit à expliquer. Curieusement, les douleurs disparaissaient le soir, lorsqu'elle rentrait chez elle à Hastings Creek.

Les premiers cas de guérisons spontanées

survinrent à cette époque sur les malades dont elle s'occupait. Le scénario était chaque fois identique : lorsque Lucie avait un contact physique, pour une prise de sang, une injection, un bandage ou tout simplement une caresse, le visage du malade s'illuminait, inondé d'un bonheur soudain. Il expirait longuement, un large sourire sur ses lèvres, il regardait l'infirmière comme si elle avait été un ange, lui prenait les mains chaleureusement et la remerciait sur un ton affable. Tous les patients même les plus taciturnes, les plus obséquieux ou ceux qui avaient jeté l'éponge, terminaient dans cet état de béatitude. Généralement ils restaient quelques jours puis sortaient de l'hôpital, totalement guéris.

A cette époque, Lucie n'avait aucune conscience de son extraordinaire don de guérison. Elle transmettait, sans savoir comment, quelque chose qu'elle avait au fond d'elle-même. C'était une force intérieure, un ouragan d'optimisme qui irriguait le cœur des patients. Ils devenaient plus forts que la maladie et la combattaient avec une vigueur inébranlable. Mais tous ne guérissaient pas. Pour certains cela ne suffisait pas, les médicaments

125

prenaient le relais et parfois la mort était l'ultime délivrance.

L'ambiance au cœur des équipes médicales changea progressivement. En réalité, toutes les personnes entrant en contact physique avec Lucie, par une poignée de main, une bise, un effleurement, se retrouvaient dans ce même état d'indicible magnanimité. Les médecins cessèrent leur activisme auprès de la direction et la notion même de leur carrière disparut foncièrement. Rien ne fut plus important que le bien-être et la guérison des malades. Ainsi, lors des réunions hebdomadaires, toute l'équipe était conviée et la parole de chacun, de l'aide-soignante au professeur émérite, était prise en considération. Les médecins échangeaient entre eux leur diagnostic et n'hésitaient plus à se remettre en question.

Les personnes que Lucie soignait lui témoignaient beaucoup de gratitude mais jamais elle ne fut considérée comme une sainte. La chose aussi extraordinaire qui puisse paraître ne fut donc jamais interprété comme un don du ciel. C'était comme ça.

Par contre, l'entourage des malades et plus globalement les personnes extérieures à l'établissement, commencèrent à s'interroger. D'une part, parce que le comportement des malades changeait radicalement, ils n'étaient plus les même après leur guérison et d'autre part, parce que le taux de mortalité n'avait jamais été aussi bas dans un hôpital de ce type aux U.S.A.

En 2016, une délégation de médecins et de chefs hospitaliers tenta d'identifier les causes du phénomène. Ils ne trouvèrent rien d'autre qui puisse justifier une telle réussite qu'une profonde motivation et un exceptionnel dévouement de l'ensemble du corps médical. Il y avait là, assurément une énigme.

Lucie quant à elle, conçu graduellement le lien entre la présence chez elle d'un petit cube noir et ces maux de têtes. Ses souffrances disparurent totalement le jour où elle comprit qu'elle devait rester à proximité de l'objet. Ayant acheté un solide et onéreux sac à dos chez un spécialiste des sports extrêmes, elle y plaça le cube enveloppé d'un épais tissu et ne le quitta plus. Au travail, elle entreposait

127

les 12 kg d'un sac à dos quasiment vide, dans un casier fermé à triple tour.

La découverte du cube fut tout à fait fortuite. Un jour qu'elle se trouvait dans la cave de sa maison pour y entreposer quelques vieilleries, elle découvrit un passage secret, bien caché derrière une ancienne armoire vermoulue. Lucie avait voulu déplacer le meuble mais celui-ci était tombé et s'était disloqué en un tas de bois informe. A son emplacement, était apparu une étroite ouverture dans le mur. Curieuse, elle remonta au rez-de-chaussée pour s'équiper d'une torche électrique.

De retour dans la cave, le faisceau de la lampe lui dévoila l'entrée d'un tunnel. Il était suffisamment large pour qu'elle puisse s'y faufiler de côté et la voûte, tout juste de sa hauteur. Prudemment, elle s'engagea dans ce boyau dont le sol plat descendait avec aplomb. Elle avait l'impression de plonger dans les entrailles de la terre. Lucie progressa lentement, vérifiant à chaque pas la solidité des murs et de la voûte. Un sentiment de claustrophobie doublé d'oppression commença à l'imprégner et lui fit presque rebrousser chemin mais une force inconnue l'encouragea à poursuivre. Après 20 bonnes minutes, une étrange lumière bleue commença à se substituer au faisceau de sa lampe. Il y avait au bout de ce tunnel, quelque chose de singulièrement absurde. Elle n'était vraiment pas rassurée mais l'inexplicable lumière l'attirait, l'encourageait à continuer. Le boyau déboucha enfin sur vaste salle toute entièrement baignée d'une clarté d'un bleu intense. Au fond, gisait une étonnante luciole. C'était elle qui colorait les contours de cette crypte par sa lumière opalescente. Lucie éteignit sa lampe et s'approcha précautionneusement. Ce n'était pas une luciole mais un petit cube extrêmement bien fait.

Son appréhension du début avait complétement disparu. Malgré tout et surtout par réflexe, elle utilisa le bout de sa torche électrique pour tâter l'objet. Il n'y eut aucune réaction. Lentement, elle approcha un doigt et l'effleura délicatement. Il était froid. Puis en prenant de l'assurance, elle essaya à plusieurs reprises de s'en emparer. Il avait un poids considérable mais elle réussit néanmoins à le soulever. Au moment même où l'objet se retrouva au creux de ses mains, il émit un petit sifflement. Lucie n'était pas

129

certaine d'avoir bien entendu. Le son avait plutôt résonné à l'intérieur d'elle-même.

Chez elle, Lucie avait posé le cube sur la table de sa cuisine. Il s'était éteint deux heures plus tard, révélant un noir d'une perfection absolue. Jamais de sa vie, elle n'avait vu une couleur aussi parfaite lui conférant une profondeur qui donnait le vertige.

Les jours et les mois s'étaient succédés dans la vie de Lucie, avec leur cortège de guérisons, de maux de têtes et d'interrogations. La luciole s'illuminait le soir à son retour comme pour lui dire bonjour ou lui souhaiter une bonne nuit.

Lucie n'avait trouvé aucune explication rationnelle. Seulement la certitude qu'il n'appartenait à personne d'en connaître l'existence. Elle en acquit la conviction lorsque sa sœur vint s'installer chez elle pendant une quinzaine de jours, pour échapper à la violence de son mari. Durant cette période, la luciole ne s'illumina pas une seule fois. Elle s'était comme assoupie par la venue d'une étrangère. Lucie avait déjà remarqué que la présence du facteur ou d'un automobiliste passant à proximité de la maison interrompait sa luminescence. Plus étrange encore, les guérisons inexpliquées de l'hôpital, cessèrent totalement durant toute la durée de son séjour.

Chapitre 13

Roland avait accepté de travailler avec Stéphanie pour une seule raison : rester le plus proche possible du cube. En secret, il mûrissait l'espoir qu'un jour il pourrait repartir avec. La scientifique lui avait fourni des vêtements, dont une partie avait appartenu à son mari ainsi qu'une chambre, celle-là même où il s'était réveillé au lendemain d'une mémorable cuite. Il avait en outre, obtenu un badge lui donnant un accès illimité au réfectoire, à la plupart des amphithéâtres et un petit salaire. Le laboratoire par contre, restait sous le contrôle des chercheurs. N'ayant aucun besoin particulier excepté de s'acheter une boite de sucre candi de temps en temps, il revenait dans le métro pour distribuer l'argent à Peter, son ami le pêcheur déchu.

Lorsqu'il n'était pas sollicité par l'équipe, Roland passait son temps à lanterner dans l'immense cité étudiante ou à s'évader à pied, jusqu'au bord du lac Michigan pour y observer les bateaux. Il avait appelé Jean pour lui annoncer qu'il allait bien et qu'il rentrerait bientôt. La conversation fut brève. Roland qui n'avait jamais utilisé de téléphone de toute sa vie en était encore estomaqué. Durant toute la durée de leur conversation, il avait cru Jean tout à côté de lui et s'était même retourné pour le chercher.

Le labo avait embauché un neurologue. La chose n'avait pas été aisée car il avait fallu persuader la direction de l'utilité de ce recrutement, temporaire certes, mais incongru, très loin des travaux habituels des physiciens. Ils avaient cependant réussi dans un court rapport à démontrer l'importance d'utiliser les compétences du médecin et de l'IRM, en corrélant son aimantation nucléaire avec leurs projets actuellement financés. Ça se tenait debout mais Stéphanie jouait gros. Si cela devait se savoir, elle aurait des difficultés à argumenter la supercherie. De plus, il fallut dévoiler l'existence du cube au docteur qui fut tenu à une absolue discrétion. Stéphanie renonça à la dernière minute à lui faire signer un contrat de confidentialité par peur de le vexer.

La première session de travail fut programmée quinze jours plus tard, au centre médical de l'université pour une durée de deux jours

133

pleins. On commença par étalonner l'IRM. Roland se retrouva allongé au centre d'une gigantesque machinerie, bardé de capteurs de la tête aux pieds, ficelé comme une paupiette de veau, par des fils blancs qui parcouraient l'ensemble de son corps. Roland était effrayé. On lui avait injecté dans les veines une sorte de liquide fluorescent et on dut lui administrer un calmant car son rythme cardiaque était bien trop élevé et pouvait fausser les résultats. Le cube avait été déplacé dans la salle expérimentale, bardé lui aussi, d'une flopée d'instruments et de sondes en tout genre.

Le médecin professeur Isaac Cohen, commença son travail par une série de questions.

- Comme nous l'avons évoqué tout à l'heure M. Stingfall, je vais vous poser un certain nombre de questions. Répondez sans réfléchir, le plus naturellement possible. Ne vous inquiétez pas, l'IRM et le MEG sont sans danger. Détendez-vous. Êtes-vous prêt ?
- Oui.
- Comment vous appelez-vous ?
- Roland Stingfall.

- Quel âge avez-vous Roland ?

- … 36 ans je crois.

- Sur l'écran posé devant vous, quelle couleur voyez-vous ?

- Bleue.

- Souvenez-vous de votre dernier repas ?

- Heu. Oui... je dois préciser ?

- S'il vous plaît.

- Heu... ce matin à 6h30, au petit déjeuner il y avait du beurre de cacahuète, des brioches, des toasts grillés et du café.

- Vous souvenez-vous de vos parents ?

- Bien sûr !

- Sur l'écran, une série d'image va apparaître, dites-moi ce que vous voyez.

- Un chat, un chien, un cercle, ah ! Mais c'est moi ! ..., une fleur, le chiffre 5, … je ne sais pas ce que c'est, désolé, un chat mort, un cadavre, une bombe, un cercle...

L'interrogatoire dura presque une heure puis l'expérimentation proprement dite commença. Le point d'orgue de la journée consista en une batterie de tests sur le couple cube/patient. On essaya d'agresser

135

l'apathique objet par un puissant laser, puis le patient lui-même en enfonçant de petites aiguilles dans ses pieds. Les machines cartographiaient sans relâche l'activité cérébrale, identifiaient le parcours de l'information et de la douleur dans le cerveau de Roland et scrutaient les moindres changements physiques du cube.

La journée se termina pour tout le monde à 19h00 par un petit débriefing. Stéphanie était très déçue. Le cube n'était qu'une masse inerte totalement aphasique et ses relations avec Roland avaient été aussi platoniques qu'entre une girafe et un manchot empereur des îles Kerguelen.

Le deuxième jour fut beaucoup plus heureux. On introduisit de nouveau Roland "la paupiette" dans le tunnel de l'IRM tandis qu'une partie de l'équipe devait déplacer le cube sur une longue distance. La voiture était équipée d'un GPS, d'une liaison radio et de trois hommes ; le conducteur et deux autres chercheurs qui analysaient en permanence les instruments embarqués.

Le docteur Cohen enregistra très vite une

activité cérébrale anormale. D'abord faible à la sortie de Hyde Park, elle s'amplifia assez rapidement.

- Nous sortons de Chicago, sommes sur Toll Road.
- Parfait, continuez en maintenant une vitesse constante de 60 km/h, ordonna Stéphanie qui supervisait l'opération depuis l'université.
- C'est extraordinaire, la douleur augmente de façon linéaire, prononça à demi-mot le médecin.

Une demi-heure plus tard, Stéphanie demanda à la voiture de s'arrêter une quinzaine de minutes à South Bend. Ils étaient déjà à 140 km de leur point de départ.

- Je n'ai jamais vu ça, vous voyez Stéphanie, nous avons une stabilisation des influx nerveux, dit le docteur Cohen très excité.
- Redémarrez, cap sur Perrysburg, modifiez votre vitesse à 90km/h.

A proximité d'Howe, Roland commença à souffrir sérieusement. Deux heures trente plus tard, la voiture atteignit la localité de Perrysburg située à 370 km. Le pêcheur avait fermé les yeux et se débattait pour libérer ses mains.

- J'ai mal au crâne, se plaignit-il faiblement.

137

- La douleur est intense Mme Burn, il faudrait s'arrêter ici, intervint le docteur qui s'inquiétait de plus en plus.
- Nous continuons. Je veux connaître la distance du point d'inflexion.
- Mais la courbe est parfaitement linéaire ! Jusqu'où allons-nous faire souffrir ce malheureux ?
- Il a survécu à bien plus que cela. Croyez-moi, il est solide, ce n'est pas cinq ou mille km que le tueront. Cette ligne va s'infléchir d'un moment à l'autre.
- Nous quittons Perrysburg. Beaucoup de circulation. Ne pouvons maintenir notre vitesse.
- Ce n'est pas grave, continuez.

Le professeur Cohen ne tenait plus en place. Il naviguait entre ses écrans et le malade, perlant d'une sueur qui trahissait son désarroi. Il hurla soudain :

- Ça suffit Mme Burn ! Je ne peux pas permettre de continuer cette expérience !
- Nous devons continuer, c'est très important !
- Non ! Vous êtes ici dans mon département. J'ai

toute autorité.

- Mais puisque je vous dis qu'il s'en sortira !
- Peut-être mais j'appelle ça de la torture. Je ne peux pas le tolérer !

Stéphanie s'immobilisa, regarda tour à tour le professeur et Roland. Elle se rendit soudain compte de son acte. Le médecin avait raison, elle torturait un innocent. Une technique odieuse qu'elle même avait toujours réprouvée et voilà qu'au nom de la science, sa curiosité avait pris le dessus sur ses valeurs morales. Ce n'était en effet pas tolérable. Elle baissa la tête comme l'aurait fait une japonaise face au déshonneur.

- Pardon professeur, vous avez raison et de rajouter au micro :
- Revenez immédiatement et le plus vite possible. L'expérience est terminée... faites attention tout de même.

Au retour du véhicule, une vive discussion s'engagea. Le supercalculateur avait terminé ces algorithmes et l'imagerie apparaissait sur les écrans. Le docteur Cohen commenta les résultats.

139

- Bien, commençons par le début. Les processus cognitifs sont normaux. Toutes les régions fonctionnent parfaitement et les " hub ", ce sont les faisceaux de connexions entre les régions cérébrales, des sortes d'autoroutes de l'information, sont en parfait état de marche. Vous voyez... ici ... et là. Le sujet est sain. Il y a une petite dyscalculie, si je compare avec un modèle type mais rien de très sérieux.

- Que pouvez-vous nous dire sur la dernière expérience ?

- J'y viens. Mes traceurs ont signalé une hausse progressive des champs magnétiques. Le MEG ne peut pas se tromper. Dans le même temps, le lobe frontal connaît une activité anormale qui s'amplifie jusqu'à l'arrêt du véhicule à Perrysburg pour décroître ensuite à son retour. Je n'avais jamais vu une chose pareille !

- Et ?

- Et... je ne comprends pas.

- Soyez plus clair professeur.

- Je suis désolé, je ne peux rien vous dire de plus pour l'instant. C'est comme... c'est idiot mais, c'est comme si votre cube faisait partie intégrante de l'environnement du patient. De la même manière, qu'à cette seconde précise vous faites partie de « mon » environnement. Vous saisissez ?

- Pas très bien

- Et bien... actuellement, vous m'envoyez des signaux que je réceptionne puis mon cerveau les analyse, hiérarchise l'information et les interprète. Chacun de nous, ici, fonctionne de la même façon. Le patient n'échappe pas à cette règle, à ceci près qu'il capte des signaux invisibles pour nous. Des informations que le cube émet.

Le docteur s'arrêta un moment, ferma les yeux et expira longuement.

- Il y a plus fascinant encore mais je n'ai pas de certitude. Roland a essayé d'entrer en contact avec l'objet au moment où sa douleur est devenue intolérable. Si je verse dans la science-fiction, je dirais qu'ils communiquent.

- C'est incroyable. Le couple cube/Roland serait donc un émetteur-récepteur.

- Tout à fait. Cependant cette hypothèse est bancale. Elle rentre en contradiction avec nos expériences

141

2 et 3. Lorsque vous avez chauffé l'objet, il n'y a eu aucune réaction dans le cortex de M. Stingfall. Le cube est resté aussi stoïque qu'un macchabée, si je n'abuse pas.

- Aucune en effet. N'oublions pas de préciser que le cube n'est pas un être vivant, n'allons pas trop loin dans la fiction.

- Il nous faudrait une machine plus précise. Il existe un très bel outil en France chez Neurospin. Ils arrivent à décoder de l'information sur quelques centaines de neurones seulement alors qu'ici je travaille sur des paquets de plusieurs milliers de cellules nerveuses. Ce n'est pas assez précis pour se faire une idée d'une relation télépathique comme celle-ci.

- Nous n'avons pas le budget pour l'instant mais c'est une idée à retenir.

- Dans tous les cas, mon éthique ne me permettra pas de renouveler l'expérience sous cette forme.

- Roland se porte très bien, rassurez-vous.

- Il a tout de même souffert. Je suis médecin, ne l'oubliez pas. Ma vocation est de soigner les gens, pas d'accentuer leurs douleurs.

Ils continuèrent ainsi, jusqu'à tard dans la nuit, évoquant toutes sortes d'hypothèses. L'incrédulité dominait. Les chercheurs étaient devant une équation bien plus forte qu'eux. Ils apprenaient l'humilité.

Stéphanie ne dormit pas cette nuit-là. Pendant l'expérience, une pensée fugace lui avait traversé l'esprit. Une idée prometteuse qu'elle essaya d'ordonner. La linéarité parfaite de la douleur de Roland, lui avait étrangement rappelé le graphique enregistré par le luxmètre dans la maison rouge de l'île. Il y avait une similitude.

Elle revint au labo en pleine nuit et étudia soigneusement l'enregistrement en l'abordant sous un angle différent. L'origine de la courbe se situait à 1 heure du matin, montait ensuite régulièrement et redescendait sur l'axe des abscisses aux alentours de 3 heures. Que s'était-il donc passé entre 1h et 3 h ? Soudain, l'ébauche de l'idée prit de la consistance, du corps et devint lumineuse. Ce jour-là, personne n'avait déplacé le cube, c'était elle qui s'était promenée !! Une réflexion de génie.

143

Le cube avait émis de la lumière au moment où elle s'était éloignée, pour atteindre son sommet très précisément lorsqu'elle rebroussait chemin de sa promenade nocturne. Elle avait peut-être parcouru 8 km. La conclusion sautait aux yeux : le cube s'illuminait seulement s'il n'y avait aucune autre présence humaine que celle de son propriétaire. Tout ça collait parfaitement et argumentait en plus, l'idée farfelue qu'il existait une communication secrète entre Roland et l'objet. C'était sidérant. Le professeur Cohen avait raison, on nageait en pleine science-fiction. Le cube n'était sans doute pas un cristal mais une machine, un outil... mais qui l'a donc fabriqué ? Qui était capable d'une telle prouesse ?

Il fallait renouveler l'expérience. Très excitée, elle appela son collègue et ami Franck et lui exposa sa découverte.

- Stéphanie ! Il est 4h30 du matin, on ne peut pas en parler demain ?
- Non. Il fallait que j'en parle à quelqu'un. Excuse-moi. On doit retourner sur l'île au plus vite.
- N'y a t'il pas une solution plus simple ? Un lieu plus proche où l'on pourrait retrouver les

144

conditions de l'île ?

- Certainement pas Chicago ! mais en dehors de la ville peut-être. Tu as raison, demain nous chercherons un endroit isolé, loin de toute présence humaine. Merci Franck et bonne nuit.
- Je suppose que tu ne vas pas dormir alors à tout à l'heure Stéphanie.

****

L'équipe avait fini par trouver une cabane située à environ 40km de la ceinture périurbaine de Chicago. C'était la petite maison d'un pêcheur d'eau douce qui avait accepté de la louer une semaine moyennant un loyer modéré. Bordant un étang et entourée d'une forêt bien entretenue, elle était composée d'une pièce unique et ressemblait aux maisons des trappeurs du nord canadien. L'intérieur était meublé d'un lit, d'une cheminée, d'une table et d'une petite cuisine spartiate. C'était un lieu idéal car en plus de son isolement, elle se rapprochait de l'environnement naturel de Roland. Et pour aller encore plus loin dans la ressemblance de ce qui s'était

145

passé sur l'île, l'expérience eut lieu la nuit, à une heure du matin précisément. On avait installé le « cristal » sur un chevet accolé au lit. Le luxmètre, divers autres appareils de mesures et plusieurs caméras, enregistreraient ou filmeraient la scène. Roland était couché sur le lit, relié comme d'habitude à un fatras de machines hétéroclites avec pour consigne de rester le plus naturel possible, d'imaginer s'il le pouvait, être chez lui.

Tout était en place.

-   Voilà Roland, je te laisse. Je vais rejoindre les autres maintenant. Tu as de la chance de pouvoir dormir si tu le souhaites. A tout à l'heure, lui dit Stéphanie en souriant.

Elle vérifia rapidement une dernière fois l'ensemble de l'installation puis quitta les lieux pour rejoindre les autres au quartier général situé à 8km de là : une tente y avait été installée, véritable centre de contrôle depuis lequel on pouvait voir et entendre tout ce qui se passait dans la cabane.

Stéphanie espérait beaucoup de cette expérience. Il ne pouvait pas en être autrement.

Cependant elle ne pouvait s'empêcher de songer à abandonner ses recherches si jamais le cube n'émettait pas de lumière. Ce serait une énorme désillusion. Par contre si l'opération fonctionnait, alors ce serait une explosion de joie pour toute l'équipe, la promesse d'une première publication, de l'argent qui coulerait tel un fleuve en cru. Ils devront, peut-être, laisser le soin à d'autres de poursuivre l'étude mais ils seront à jamais les auteurs de la plus grande découverte du siècle. Stéphanie pensa soudainement à Roland. Que deviendra-t-il dans tout ça, submergé par un flot de journalistes, trimballé d'une conférence à une autre, d'un labo à l'autre à travers tout le pays ? Il faudra le préparer. Il ne retrouvera sans doute pas son île avant longtemps. Stéphanie mit un terme à ses extrapolations et pressa le pas. Il n'y avait pas la place au romantisme dans un tel moment. Elle avait hâte de rejoindre les écrans de contrôles.

Roland resta allongé sur le lit, le visage tourné vers le plafond. Il entendit la porte de la cabane se refermer, les pas de Stéphanie s'éloigner puis le

147

roulement des pneus de la voiture sur les graviers du chemin. Le silence inonda littéralement l'espace.

Depuis combien de temps ne l'avait-il pas entendu ? Ce silence si précieux à son équilibre était là, partout autour de lui, il pouvait le toucher. Roland ferma les yeux et soupira. Il l'enivrait comme l'alcool qui coulait autrefois dans ses veines, au cœur des rues de Chicago.

Il s'émerveilla d'entendre le feu crépiter dans la cheminée. Son ouïe s'affina encore. Une chouette tachetée hulula au loin. Les jeunes feuilles des arbres bruissaient à la faveur d'une petite brise. Le bois de la cabane craqua. Roland ne bougeait pas, il était parfaitement immobile, respirait sans bruit. Pour rien au monde, il n'aurait souillé cette tranquillité. Il était attentif et se délectait, voyait son île, sa maison, son bateau. Il flottait sur le lisse océan, aussi léger qu'un oiseau.

Il tourna lentement la tête, ouvrit les yeux et regarda son petit cube légèrement phosphorescent. Une vague de nostalgie le submergea. Qu'étaient donc devenu tous ses amis ? Avaient-ils continué à modifier leur mode de vie comme ils en avaient

148

discuté plusieurs fois sur le port ?

Le cube était maintenant d'un bleu vif. Sa lumière bleuissait l'intérieur de la cabane. Roland se sentit ressourcé d'une énergie nouvelle. Tout était redevenu comme avant. Voilà huit mois qu'il avait quitté son île et plus de deux qu'il travaillait avec Stéphanie. Soudain il sentit une haine inhabituelle monter en lui. Il en avait marre de tout ça, marre d'être manipulé comme un pantin, marre de toutes ces questions qu'on lui posait sans arrêt. Il détestait les électrodes.

Roland ferma les yeux, respira profondément, aspira la lumière. Dehors quelques gouttes s'étaient échappées des nuages et Stéphanie venait de commettre une erreur.

****

La vitesse de la voiture avait été fixé arbitrairement à 40km/h. Stéphanie mettra donc 12 minutes pour parcourir les 8 km. Que c'était lent ! Lorsqu'elle arriva enfin, son collègue Franck, très agité, accourut pour l'accueillir. Elle avait compris.

149

- Ça fonctionne à merveille ! Stéphanie ! C'est à
  peine croyable !

L'atmosphère était électrique, chargée par
l'excitation et le soulagement. Les écrans montraient
des images vidéo bleutées. C'était extraordinaire.
L'ordinateur traçait une droite quasiment parfaite
correspondant très exactement à la vitesse du
véhicule et formait un sommet plat. La lumière émise
par le cube était à son maximum. Les commentaires
fusaient de toutes parts :

- 5540 mètres, vous voyez ? C'est donc le rayon où
  le cube se trouve à son apogée.

- Son activité lumineuse commence à 250m. C'est
  fou ! Comment cet objet peut-il faire pour détecter
  une présence à 250m !

- La cinétique de la droite est de 40km/h. Nous
  sommes au taquet là ! Elle doit être supérieure
  c'est quasiment certain. Il faudra refaire
  l'expérience en roulant plus vite.

Ils y allaient tous de leurs chiffres, d'une
conclusion à une autre, émettaient des hypothèses,
s'interrogeaient. Malgré de nombreux échecs, les
chercheurs avaient enfin l'impression d'avancer,

quelque chose en découlera. Ils avaient entre leurs mains une matière unique aux propriétés extraordinaires. C'était une grande découverte.

- Que donnent les sondes de Roland ?
- Rien à signaler sur l'encéphalogramme, le rythme cardiaque est tout à fait normal, quoiqu'un peu faible tout de même. Il est particulièrement détendu.
- Il vient de fermer les yeux mais je ne pense pas qu'il dorme.

Leur joie ne dura pas. Sans prévenir, les écrans vidéo leur montrèrent l'impensable : Roland s'était levé, assis sur le rebord du lit, il arrachait un à un les fils blancs qui couraient sur lui.

- Mais que fait-il ? Il est fou !
- Roland ! Que fais-tu ? L'interpella Stéphanie dans son micro.

Il se leva, disparu des écrans et revint avec un sac à dos. Il s'empara du cube avec détermination puis disparut définitivement de la vidéo.

- Roland ? Où es-tu ? Roland, tu m'entends ??
- Je pense que l'on ferait bien d'y aller.

151

3^{éme} partie

Chapitre 14

A butiner un peu au hasard comme il le faisait, Yo n'obtiendrait rien. Il avait décidé de prendre l'affaire un peu plus sérieusement, d'organiser son enquête. Plutôt que de s'amuser, il préférait mettre de la substance dans ces voyages, avoir un objectif. Aussi décida-t-il de tout recommencer depuis le début. Il commença par fouiller systématiquement la biographie de Roland. Il aurait pu commencer par Lucie mais cette femme le troublait. Il se sentait vulnérable à la tentation de découvrir sa nudité.

Ainsi, Yo parcourut la vie du pêcheur depuis sa plus tendre enfance en prenant plus ou moins de temps suivant les circonstances. Il arriva assez rapidement à l'époque où Roland possédait le cube. Il n'était pas aisé de localiser avec précision l'origine d'un événement. Yo ne pouvait pas revivre soixante-douze années de sa propre vie à surveiller Roland vingt-quatre heures sur vingt-quatre. Il tâtonnait, mais réussit à retrouver le moment de la grande découverte.

Le 15 juillet 2015, Yo embarqua sur un petit bateau entièrement rouge. Fort heureusement l'océan était assoupi. Il avait facilement le mal de mer et ne savait pas nager. Il se serait sans doute noyé, si le navire avait chaviré. Yo se issa sur le toit de la cabine, pas très rassuré tout de même, mais au moins avait-il là, un angle à 360° et ne risquait pas qu'une corde ou un filin ne lui attrape une jambe ou un bras. Il fallait toujours faire très attention aux objets qui pouvaient interférer avec lui, surtout dans un espace aussi exigu.

Roland était très nerveux. Ils naviguèrent ensemble sur une ligne droite imaginaire jusqu'au moment où le pêcheur barra pour décrire des cercles de plus en plus larges. Le bateau dessinait une spirale. C'était une drôle de façon de pêcher, d'autant plus curieuse que Roland n'avait pas encore mis à l'eau la moindre maille de son filet. Le marin passait de bâbord à tribord sans arrêt en scrutant le fond de l'océan. Ce manège dura toute la matinée alors que Yo,

153

du haut de son perchoir avait aperçu des bancs de poissons à maintes reprises. Pourquoi diable ne pêchait-il pas ? Se demanda-t-il plusieurs fois. Après une courte pause déjeuner, Roland qui était apparemment revenu au point de départ, continua sa danse en bloquant le gouvernail et la vitesse du bateau de manière à ce que celui-ci poursuive ses ronds tout seul. Ça en devenait lassant.

Brusquement, au milieu de l'après-midi, ils l'aperçurent. Roland coupa rapidement le moteur et observa le phénomène. Il y avait là, entre deux eaux, un magnifique halo de lumière bleue dont le centre brillait intensément. La surface ridée de la mer, le faisait trembler mais il ne semblait pas se déplacer. C'était un spectacle très beau qui captiva toute l'attention de Yo. Il se demanda de quoi il pouvait s'agir.

Roland lui, devait déjà avoir vu ce phénomène car il s'activait sur le pont. Il laissa dériver le filet dans l'eau, remit le moteur en marche, fit un large demi-tour et passa au-dessus de la lumière bleue. Elle semblait flotter comme suspendue dans l'eau, pas forcément très profondément car on pouvait

154

distinguer de petits poissons qui tournoyaient autour. Mais bien malin, même pour un marin, celui qui aurait était capable d'évaluer la profondeur. Roland passa plusieurs fois au même endroit ajustant la longueur du filet, retirant des flotteurs ou rajoutant des poids à chaque passage.

La quatrième passe fut la bonne. Le halo était pris au piège. Il nous suivit dans le sillage du bateau. Roland remonta le filet et l'éventra sur le pont. Une gelée frétillante de poissons bleus phosphorescents coula sur le plancher. Roland s'empressa de remettre à l'eau toutes les morues, jusqu'à la dernière. Il ne resta que la lumière. C'était un petit cube pas plus gros qu'une mandarine. Au moment où Roland le saisit, non sans mal car il était visiblement très lourd, l'objet émit un bref et léger sifflement. C'était le même petit cube que Yo avait découvert dans le cimetière mais avec une différence de taille : la lumière.

A mesure qu'ils regagnaient la côte, le rayonnement sembla moins fort, il faiblissait. Roland posa le cube sur la grande table du salon et resta assis un long moment à le regarder. Il finit par s'éteindre complètement et prit la couleur d'un noir extraordinaire. Pour Yo, cette affaire prenait une nouvelle dimension. Elle méritait la production d'un rapport complet qu'il transmettrait à ses pairs.

Chapitre 15

Il avait pris sa décision, aidé en cela par une petite voix intérieure qui lui avait chuchoté : *"Cette fois tu dois prendre ton destin en main, ne laisse pas les autres te guider. Guide-les"*.

Roland se redressa sur le bord du lit, arracha les sondes collées sur sa peau, s'extirpa de la toile d'araignée que formaient les fils blancs et se leva tout à fait. Il trouva un sac à dos posé sur une chaise, revint près du lit, s'empara du cube bleu et sortit sans plus attendre de la cabane. La pluie s'était arrêté et la lune jouait à cache-cache avec les nuages. La luminosité du cube était vive. Depuis combien de temps ne l'avait-il pas vu dans cet état ? Une éternité.

Quelle direction devait-il prendre ? Roland hésita. Déjà, il percevait le bruit d'un moteur au loin. Ils arrivent. Le cube s'était assombri rapidement pour s'éteindre totalement. Il le fourra dans son sac à dos et plongea au cœur de la forêt, dans la direction opposée à la voiture qui se rapprochait. Il s'arrêta, ajusta le sac en serrant les bretelles et se remit à courir. Derrière lui, il entendit un véhicule déraper sur les gravillons, des

157

voix. Une porte claqua. Il courut à en perdre haleine, sautant par-dessus les arbres morts tombés au sol, zigzagant entre les autres bien dressés devant lui, contournant les massifs épineux. Ne pas tourner en rond, continuer droit devant.

Il arriva à la lisière du bois. Devant, s'étalait un tapis blanchâtre d'herbes rases. Roland se retourna, il n'entendait plus que son cœur cogner dans sa poitrine et son souffle puissant qui s'échappait en volute de fumée. Il faisait frais. Le silence était total. Il aurait voulu que son cœur cessa de battre pour en apprécier toute l'immensité. Il sourit. Pour la première fois de sa vie, Roland goûtait à la liberté. Sur son île, il n'en avait jamais eu conscience mais après ces longs mois de « captivité », il en ressentait toute la profondeur. Il ne fallait pas la gâcher et faire ce qu'elle lui permettait de faire pour l'instant : courir, voler, s'extasier devant la rosée.

Mais voler dans quelle direction ? Que faire ensuite ? Il y réfléchirait plus tard. Pour le moment, la priorité était de mettre le plus de distance possible entre lui et ses "geôliers" puis de trouver un abri.

Roland traversa la prairie baignée par la lune

opaline et croisa une route déserte. Attention, se dit-il - avec leur voiture, ils emprunteront certainement les chemins et les routes en périphérie de la forêt. Je dois absolument m'éloigner des voies de communications. Il courut encore pendant plus de trois heures. La nuit commençait à pâlir. Ce phénomène l'avait toujours fortement intrigué. Petit, son père lui avait expliqué que la terre était un ballon suspendu dans le vide de l'espace et qu'il tournait sur lui-même face au soleil. Lorsque la nuit s'enfuyait, au lever de l'étoile, il prenait conscience de cette masse incroyable qu'était la Terre, il voyait sa courbure se dessiner à l'horizon sur l'océan. Quelle étendue pour un aussi petit homme ! Il aimait cette sensation.

Roland s'arrêta devant un abri de chasse bâti à trois mètres au-dessus du sol dans un arbre majestueux. Une échelle de bois permettait d'y grimper. Du haut de ce promontoire, bien que la nuit fût encore dense, il pouvait apercevoir une grande partie de la campagne environnante. Il y passerait le début de la journée pour se reposer, dormir quelques heures. Il fouilla au fond de son sac. Le cube était d'un noir de charbon. Roland s'enroula sur lui-même en position fœtale, se recouvrit de son manteau en velours brun et s'endormit profondément.

Ce n'est pas le soleil qui réveilla le fugitif mais le bruit d'une voiture qui approchait. Il se recroquevilla dans un coin et ne bougea plus. La voiture s'était arrêtée au pied de l'arbre. Claquement de portière, bruit de pas sur fond d'une musique symphonique. Roland n'osa pas bouger par peur de provoquer un craquement de la cabane en bois. De l'endroit où il se trouvait, il ne pouvait rien voir. De nouveau le bruit d'une portière. La voiture redémarra et s'éloigna. Ce n'était rien d'autre qu'une personne descendue de sa voiture pour uriner au pied de l'arbre. Cette frayeur lui donna un coup de fouet. Il devait à n'importe quel prix garder sa liberté. Il retournera chez lui, les îliens le protégeront. La première chose était de rejoindre Chicago puis avec l'aide de ses amis pêcheurs, de prendre un bus pour Barnstable. Le petit caboteur l'emportera sur son île et il s'y cachera un certain temps.

Roland descendit prudemment de son refuge. Dans quelle direction se trouve Chicago ? quarante km avaient-ils dit... peut-être davantage depuis sa fuite. Totalement désorienté, il prit la seule direction qu'il connaissait : droit devant, le dos tourné à la cabane de la forêt.

Il marcha presque toute la journée, traversant des champs, des forêts, des routes, se cachant à plusieurs reprises derrière des talus, au fond des fossés. En fin d'après-midi, Roland se trouva devant une ferme délabrée. La faim lui labourait l'estomac. Il s'approcha d'un poulailler habité de quelques gallinacés qui s'activaient à cribler la terre de leur bec à la recherche de lombrics. Il chercha à entrer dans l'enclos mais l'une des poules donna l'alarme et ce fut un concert de caquètement. Inévitablement, le propriétaire des lieux, un vieil homme muni d'un bâton, apparut. Pour Roland, il n'y avait que deux solutions : affronter le paysan ou s'enfuir encore et toujours. Fidèle à lui-même, il choisit la médiation. Entre les gens de la terre et ceux des mers, existait-il peut-être quelques considérations. Mais l'homme était d'un genre méfiant et sa faiblesse physique dû à son grand âge, le rendait craintif. Il hésita une seconde avant de prendre la parole.

- Qui êtes-vous ?

- Je m'appelle Roland, je suis pêcheur.

- Que voulez-vous ?

- Un repas, je n'ai rien mangé depuis hier. Vous
  êtes un vieil homme, je peux certainement vous
  aider à quelque chose en échange. C'est tout ce
  que je vous demande.

- Je n'ai pas de travail pour vous, allez-vous-en, dit-
  il en agitant son bâton.

- Ne vous inquiétez pas monsieur, je ne vous veux
  aucun mal. Donnez-moi un œuf et je m'en irais.

L'honnêteté semblait payer. Le paysan hésita
avant de répondre. De toute façon il n'avait aucune
chance face à cet homme dans la pleine force de l'âge.

- Un œuf et vous me promettez de partir ?

- Oui, je vous le promets. Je dois me rendre à
  Chicago, donnez-moi la direction et vous ne me
  reverrez plus jamais, lui dit Roland le plus
  aimablement possible.

Le paysan s'approcha précautionneusement,
prêt à se défendre. Roland lui tendit la main en signe
de bienveillance mais l'homme lui demanda de
reculer. Il pénétra dans le poulailler et en ressortit

162

quelques secondes après, un œuf dans la main.

-   Voilà, dit-il en lui donnant.

Il y eut à ce moment, un très bref contact physique mais suffisant pour bouleverser le cours des choses. L'agriculteur se métamorphosa sur le champ. Étourdi, il lâcha son bâton et serra Roland dans ses bras. Il pleurait. Le pêcheur était lui aussi en pleine confusion. Il commençait à comprendre qu'il y avait quelque chose en lui qui transmuait l'attitude des gens. Cependant il avait l'impression d'être le seul à s'apercevoir du changement, qui était loin d'être subtil mais épais et radical. Sur son île, la même chose s'était déjà produite plusieurs fois. C'était vraiment désarmant.

-   Vous ne vous sentez pas bien ? Demanda Roland un peu inquiet.

-   Oh que si ! Bien au contraire, lui dit le vieillard dont le visage rayonnait de bonheur.

Il ne semblait pas se rappeler qu'une minute auparavant il n'en menait pas large et menaçait Roland de son bâton.

-   Je vais vous préparer un repas. Vous avez faim n'est-ce pas ?

163

Le vieil homme l'entraîna dans sa cuisine et lui prépara une copieuse assiette. Il ne cessait de parler d'un tas de soudains projets. Roland évoqua son île, la pêche et sa situation sans toutefois dévoiler l'existence de son "poisson bleu". La petite voix l'avait mis en garde : "*Ça ne concerne que toi*".

- Malheureusement, je ne peux pas t'emmener à Chicago, je n'ai plus de voiture depuis qu'ils sont venus pour la prendre, elle aussi. Je vais te faire un plan, un itinéraire qui ne sera pas trop surveillé, enfin je l'espère...

Roland se reposa une nuit entière chez le vieil homme. Le lendemain, au petit matin, le paysan qui avait rajeuni d'une quinzaine d'année, lui donna un sac de nourriture et quelques pièces de monnaies.

- Prends ça, je ne suis pas bien riche mais tu en auras besoin. Et puis ne t'inquiète pas, si ces vilains se pointent par ici, je leur indiquerai une direction opposée.

Après une chaleureuse accolade, Roland partit en vélo sur la route de Winster. Au bout de vingt km, il laissa le Sting-Ray dans la cour d'une petite maison. "*C'est une amie, elle me le ramènera*", lui avait dit le paysan.

Roland continua sa route à pied. Il passa sa troisième nuit sous un abri de bus.

A mesure qu'il progressait, la campagne s'amenuisait, grignotée par un entrelacs de routes. La ville lançait ses dendrites à l'assaut des champs, serpentait comme un glacier au fond de la vallée, déposant des moraines de maisons de plus en plus denses le long des voies de circulation. Un bourdonnement sourd et régulier s'amplifiait à mesure qu'il s'approchait de l'agglomération.

Paradoxalement, Roland se sentit plus rassuré. Bientôt il glissera doucement dans ce fleuve bouillonnant de vie, devenant anonyme, invisible et indivisible de cette masse compacte.

Cela ne l'empêcha pas de s'effrayer et de se blesser bêtement lorsqu'une voiture, toutes sirènes hurlantes, surgit de nulle part et fonça sur lui. Il plongea dans un buisson et s'écorcha le visage. Une branche lui avait entaillé la joue. La voiture passa à tombeau ouvert. Ce n'était qu'une ambulance. Ça saignait méchamment. Roland déchira la manche de sa chemise et pressa le tissu sur la blessure. Désormais il ne serait plus tout à fait invisible. Les personnes le remarqueraient, horrifiées.

Il fallait faire vite, tenter de rejoindre le métro. De là, ses amis sauront quoi faire. Roland tenta le stop, l'estomac serré à l'idée de croiser Stéphanie ou l'un de ses acolytes. Évidement dans l'état où il se trouvait, personne ne s'arrêta. Il tenta l'impossible. Il immobilisa un automobiliste.

Elle n'eut pas d'autre choix que de ralentir et de s'arrêter. Un homme se trouvait au milieu de la route, un bras levé au ciel, bien décidé à ne pas la laisser passer. Roland monta dans la voiture sans en demander la permission.

- Bonjour, je suis blessé, dit-il. Vous devez m'emmener d'urgence à Chicago.

La femme tenait un revolver. Elle resta terrorisée un instant. Peut-être la vue du sang qui avait entièrement imbibé la boule de tissu que Roland maintenait sur sa joue.

- C'est une prise d'otage ? marmonna-t-elle.

- Une prise d'otage ? Je... n'est-ce pas vous qui tenez une arme braquée sur moi madame ?

Elle regarda son Beretta 10mm et se rendit compte qu'effectivement, c'était elle qui avait les cartes en main.

- Tenez, prenez-le. Prenez-moi en otage.
- Je vous en supplie madame, conduisez-moi à Chicago.
- Prenez-le ! et je vous emmène au bout du monde. Ou bien je vous troue la poitrine.

La situation était absurde. Roland ne comprenait pas ce qui se passait. Il prit néanmoins le Beretta gauchement avec d'infinies précautions. L'arme était lourde. La conductrice parut ravie.

- Il est chargé ? demanda Roland très anxieux.
- Bien sûr ! Bon, je crois maintenant que je n'ai plus le choix. Allons à Chicago.

Et elle démarra en trombe.

- N'allez pas si vite, s'il vous plaît !

Elle roula au pas.

- Un peu plus vite tout de même.

Elle accéléra.

- Ce sont les flics n'est-ce pas qui vous ont tiré

167

dessus ?

- Les flics ?

- Ben oui ! Ah ! J'y suis... vos copains après le braquage de la banque... il y a eu un règlement de compte !

- Je n'ai braqué aucune banque madame.

- Mais si, bien sûr que si, que vous avez dépouillé une banque. Ah ah ! J'ai toujours rêvé d'une prise d'otage. Tenez mieux ce flingue bordel ! je pourrais vous le reprendre, dit-elle en jetant un œil sur le côté.

La situation était de plus en plus burlesque.

- Allez au Loop, à la station Lake, s'il vous plaît.

- Tout ce que vous voudrez monsieur. Et ensuite me violerez-vous ?

- Vous violer ? Comment ça ?

- Ben oui quoi, Benito le corsaire, dans « le crime de New-York » viole son otage.

- Ah ? Je ne savais pas, commenta Roland abasourdi.

La femme continua à jacasser tout au long du trajet. Elle faisait les questions et les réponses de Roland devenu muet. Parler lui était douloureux.

168

Lorsqu'ils arrivèrent à la station, il rendit le revolver et remercia son chauffeur.

-   Et mon viol ? dit-elle sincèrement interrogative.

-   Une autre fois, je n'ai pas beaucoup de temps.

Il sortit du véhicule et se dirigea vers l'entrée de la station. Dans son dos, il entendit la conductrice hurler :

-   Salaud, fumier d'pédé !

Chapitre 16

Pour se rendre à son travail, Lucie devait emprunter la ligne rouge du métro, la State street subway. Un tronçon habituellement très fréquenté mais ce jour-là pour des raisons qui n'appartiennent qu'au hasard, les citoyens avaient décidé de bouder les galeries souterraines. Disons qu'elles étaient un peu moins congestionnées, aussi Lucie repéra-t-elle facilement Roland.

Alors qu'elle attendait patiemment sur le quai, elle aperçut un homme blessé au visage qui descendait maladroitement l'escalier depuis la rue. Le tissu qu'il tenait contre sa joue suintait le sang et colorait sa main jusqu'à l'avant-bras. Cet homme avait peut-être besoin de son aide, au moins pouvait-elle lui prodiguer les premiers soins. Elle n'hésita pas à venir à sa rencontre. En s'approchant Lucie reconnut un visage familier, celui d'un vagabond qu'elle avait voulu secourir il y a quelques mois alors qu'il volait dans un magasin.

Roland lui, obliqua sur la gauche au pied de l'escalier pour s'engager dans le tunnel sombre du métro, sur l'étroite corniche qui surplombait les rails.

-       Hé ! Monsieur ! Attendez ! cria Lucie.

        Roland se retourna. Une jeune femme avançait souplement vers lui, un bras amicalement tendu. Son visage lui rappela quelqu'un, quelque part, il ne savait plus où. L'air ondulait mollement comme en pleine été au-dessus d'une surface chaude.

-       N'ayez pas peur de moi, je suis infirmière, je peux peut-être vous aider ? dit-elle en s'avançant prudemment. Elle savait l'homme farouche.

        Ils n'étaient plus qu'à deux mètres l'un de l'autre. Les ondulations se resserrèrent au point de strier l'espace. Elles devinrent vibrations puis le temps et l'espace se figèrent. Les cubes que portait chacun Roland et Lucie, de leurs sacs à dos, entraient en résonance pour former un diapason. Un long râle en fa s'échappa. Instantanément, Lucie sut que l'homme possédait un cube et qu'il était en danger. De la même façon, la petite voix de Roland lui apprit qu'il pouvait compter sur cette femme parce qu'elle détenait elle aussi, un "poisson bleu", identique au sien. La résonance cessa et l'air redevint ce qu'il était : pesant, collant et chargé des effluves propres aux

171

métros du monde entier. La station se matérialisa avec sa voûte de faïence blanche, ses bruits et ses passants. Ils étaient sur la Terre, cette grosse boule suspendue dans l'espace.

Un homme était assis sur un banc, pas très loin. Ils les regardaient fixement, l'air interrogateur. L'instant qu'ils venaient de vivre les avaient un peu secoués. Ils restèrent un long moment à se dévisager, n'osant plus bouger.

Quelle était belle cette femme ! Roland se mit à rougir violemment lorsqu'elle lui prit doucement sa main ensanglantée. Malgré sa rougeur impromptue, son visage restait pâle. Il avait perdu beaucoup de sang. Lucie détacha le sac de son dos et en sortit une serviette qu'elle plia en quatre pour remplacer la boule de tissu ensanglantée. Avec l'écharpe qui flottait à son cou, elle fit un bandage autour de la tête de Roland qu'elle serra fermement. Elle pouffa de rire en regardant son œuvre mais se reprit rapidement.

- Avez-vous mal ? Demanda-t-elle doucement

- Ça peut aller madame.

- C'est moins grave que tout ce sang pourrait le laisser supposer mais il faut vous recoudre sans

172

tarder et vous reposer. Êtes-vous hémophile ?

- Non, je ne crois pas.

- Depuis combien de temps êtes-vous blessé ?

- Je ne sais pas vraiment, une heure ou deux.

- Hum... la plaie est sérieuse mais peu profonde ;
  elle aurait dû s'arrêter depuis. Je m'appelle Lucie.

- Lucie...

Roland essaya de sourire. Malgré sa faiblesse, il se sentait transporté d'une joie légère. Il n'existait plus rien d'autre autour de lui que cette femme. Il sentait ses doigts fins lui entourer la main et son corps irradier une douce chaleur. C'était exquis. Il ferma les yeux.

- Ne fermez pas les yeux, pas maintenant. Vous
  êtes en danger je crois, quelqu'un vous recherche
  n'est-ce pas ?

- Oui c'est vrai, vous voulez me suivre par-là ? Il
  désigna l'entrée sombre du tunnel. Je voudrais
  rejoindre des amis dans le souterrain.

- Je ne crois pas que ce soit une bonne idée. Il vous
  faut des soins. Je vous propose de venir chez moi
  où je pourrais vous recoudre.

Roland hésita. Il regarda tour à tour l'énorme

173

bouche noire qui l'appelait à retourner chez lui et le tendre visage de Lucie. Son coup de foudre l'emporta.

- C'est d'accord, je veux bien vous suivre, Lucie.
- Alors venez, nous avons une longue route et pas tellement de temps devant nous.

Derrière sa volonté féroce pour rester optimiste, Lucie s'inquiétait. Le blessé pouvait s'évanouir à tout moment et des gens étaient à sa poursuite. Elle ne lui lâcha pas la main et l'entraîna à l'intérieur d'un dédale de corridors.

Ils étaient assis côte à côte à l'intérieur d'une rame. Le visage de Lucie était grave. Elle vérifiait le bandage de temps en temps puis reprenait la main de Roland.

- Vous avez un petit "poisson bleu" n'est-ce pas ? Lui demanda Roland
- Un poisson bleu ?
- Un cube très lourd, tout noir qui s'illumine la nuit.

Lucie lui pressa la main.

- Chut ! Ne parlez pas si fort de cela. Oui, j'en possède un.
- Qu'est-ce que c'est au juste ?

- Nous en parlerons plus tard. Vous ne m'avez pas dit votre nom, dit-elle pour changer de sujet.
- Roland Stingfall. Excusez-moi, je ne suis qu'un simple pêcheur. Je ne comprends pas toujours ce qui se passe ici.
- Ne t'inquiète pas Roland, je ne comprends pas tout moi non plus.

Elle entoura sa main qu'elle caressa affectueusement et lui sourit. A la station Belmont, Lucie remarqua une présence policière inhabituelle sur le quai. Elle se positionna devant la fenêtre de manière à cacher Roland et lui demanda de s'enfoncer dans son siège. Il faut avouer qu'avec son écharpe en œuf de pâque, Roland n'était pas discret.

- Ils ne t'ont pas vu mais désormais il faudra être vigilant.

A Howard, ils quittèrent la ligne rouge pour prendre le train express jusqu'à Skokie. Il y avait des policiers partout. Ils durent à plusieurs reprises se fondre dans la masse des badauds pour passer inaperçus, rebrousser chemin et se cacher parfois, derrière un mobilier ou dans un renfoncement.

- Je ne sais pas ce que tu as fait mais si c'est

175

vraiment toi qu'ils cherchent, tu n'as pas dû faire dans la dentelle, lui chuchota Lucie.

A Skokie, ils montèrent dans une voiture que Lucie avait garée, comme tous les jours sur le parking prévu pour les voyageurs de l'express. Elle se détendit un peu. Par contre Roland continuait à perdre du sang, il se vidait de sa sève, devenant de plus en plus pâle. Il avait des difficultés à garder les yeux ouverts.

-   Tu es vraiment certain de ne pas être hémophile ?
-   Non, vraiment, je ne crois pas.

Lucie resserra l'écharpe de toutes ses forces.

-   Nous avons une heure de route. C'est long. Il faut que tu tiennes bon. Je ne serais pas capable de te porter pour t'allonger. Parle-moi de toi, de ta vie, de tout ce que tu voudras mais ne t'arrête surtout pas.

Roland lui parla de son île, de sa maison rouge, de Diana, de Chuck et de son bateau. Il lui raconta les oiseaux, les fourmis en file indienne, lui fit entendre le silence et respirer les embruns de la mer, les yeux mi-clos. Jamais il n'avait autant parlé. Il était revenu chez lui.

Ils arrivèrent sans encombre devant un petit cottage bien entretenu. Lucie aida Roland à sortir de la voiture en le soutenant autant qu'elle le pouvait et l'installa dans sa chambre au premier étage.

-   Maintenant tu peux t'endormir. Je vais te recoudre, ça ne te fera aucun mal.

Elle s'empressa de chercher sa trousse d'urgence, nettoya la plaie et pratiqua une anesthésie locale. A l'aide d'une aiguille incurvée et d'un fil résorbable, Lucie rapprocha les bords de la plaie. Lorsque le travail fut terminé, elle nettoya une seconde fois la suture et appliqua un pansement. Roland dormait profondément. Elle s'approcha tout près de son visage et lui donna un baiser sur le front.

-   En t'écoutant dans la voiture, je me suis dit qu'un jour nous irions voir ton île. Je le souhaite de toute mon âme.

Roland dormit jusqu'au lendemain. Il ouvrit les yeux à huit heures du matin, assailli d'une faim terrible. Un manque qu'il connaissait que trop bien mais tout était silencieux et douillé. Une certaine quiétude régnait ici. A droite, un petit cube très noir était posé sur une table de chevet. Roland essaya de se relever pour s'en saisir mais ses forces l'abandonnèrent. Il resta sur le dos avec pour seul horizon, les planches de bois brut du plafond et se rendormit très vite.

Lorsqu'il se réveilla de nouveau deux heures plus tard, Lucie lui apparut comme un ange descendu du ciel. Elle s'employait à refaire son pansement.

-   Bonjour Roland, comment te sens-tu ? dit-elle avec un ravissant sourire.
-   Lucie...

Ses doigts galopaient sur sa joue aussi légèrement que l'aurait fait une araignée. Soudain il devina qu'il était nu mais heureusement caché sous une couette. Lucie l'avait donc déshabillé. Roland se mit à rougir violemment. Honteusement, il sentait son sexe se durcir. Il se concentra pour stopper cette incandescence mais la lubricité de son membre était incontrôlable. Il avait l'impression qu'il voulait percer la couette et éclore à sa surface en toute impunité, un peu à la manière des champignons. Roland releva discrètement la tête pour observer le spectacle. En fin de compte, caché par une lourde courtepointe, le phénomène n'était pas aussi impressionnant qu'il l'imaginait. Il se tourna néanmoins légèrement sur le côté.

Lucie avait rougi mais peut-être pas pour la même raison puisqu'il supposa qu'elle n'avait rien vu. Ils réussirent à dévier le sujet de leur préoccupations respectives.

- Je suis contente de moi, j'ai fait une belle couture mais il te restera une cicatrice. Désolée. Je suppose que tu dois avoir très faim ? dit-elle en détournant son regard.
- Je mangerais n'importe quoi !

Après un petit déjeuner copieux, Lucie conseilla à Roland de se reposer mais ni l'un ni l'autre, n'envisageait une séparation, même de courte durée. Lucie éprouvait une furieuse envie d'embrasser cet homme et de le serrer dans ses bras. Elle se contenta de rester assise près du lit. Roland lui raconta toute l'aventure de son "*poisson bleu*", Stéphanie, le laboratoire, les expériences, les maux de tête.

- Je comprends maintenant pourquoi ils te recherchent. A mon avis, ils vont mettre le paquet.

Tu as fait ce que tu pouvais mais maintenant, je

179

ne sais pas encore pourquoi, nous devons absolument garder le secret de nos cubes. Ils sont si étranges, venus de nulle part, presque vivants. Tu sais, j'ai eu les mêmes douleurs que toi. Je n'ai pas fait la relation tout de suite mais peu à peu j'ai compris. Depuis je ne me sépare jamais du mien. Il faudra que tu apprennes à vivre avec, Roland. Nous n'avons pas le choix.

- Est-ce que le tien s'illumine aussi ?

- Oui, il brille d'une belle lumière toute bleue. Je n'ai pas la moindre idée de ce qu'ils sont. Ils viennent d'ailleurs, d'une autre planète ou bien c'est une expérience classée secret d'État et nous en sommes les cobayes. Le mien, je l'ai trouvé sous la maison. En rangeant la cave, j'ai découvert un passage secret qui mène à une sorte de crypte. Il était là, il m'attendait, je crois.

- Ah ? Le mien je l'ai pêché. Ça n'a pas été facile. Il était là, au fond de la mer, enfin pas tout à fait, il nageait... je veux dire qu'il flottait à une vingtaine de mètres de profondeur. Je croyais qu'c'était un poisson phosphorescent, tu sais ceux que l'on voit dans les abysses, là où la lumière ne pénètre plus.

180

Moi aussi, je suis presque sûr qu'il m'attendait.

Lucie sourit.

- Le mien serait plutôt une luciole... très vigoureuse. Je dois t'apprendre quelques petites choses que tu ne sais peut-être pas. Tout d'abord nos cubes ne s'illuminent que s'il n'y a personne d'autre que nous dans les environs.

- Oui, ça je le sais. Deux-cent mètres très exactement !

- Comment ça ?

- C'est ce que m'a appris Stéphanie. Enfin, la distance n'est pas très précise. En tout cas, elle m'a dit s'être éloignée d'environ deux-cent mètres avant qu'il ne commence à s'éclairer. Elle était partie faire un tour en pleine nuit.

- C'est intéressant. La deuxième chose à savoir c'est qu'ils s'illuminent pour nous « recharger » et seulement pour cette raison.

- Nous recharger ?

- Tu vas comprendre. Ils nous véhiculent une force, une énergie, quelque chose que j'ai beaucoup de mal à identifier. C'est comme un message que nous transmettons à notre tour aux personnes qui

181

entrent en contact avec nous. D'une certaine manière, nous sommes des émissaires. Si le télégramme est transmis, les personnes changent radicalement d'attitude. Une sorte de sérénité les envahisse, ils perdent leur agressivité pour se remplir de compassion. A l'hôpital, j'ai guéri beaucoup de malades psychosomatiques de cette façon.

- C'est génial ! C'est ce qui s'est produit dans le supermarché, lorsque l'agent m'a relâché n'est-ce pas ?

- Oui, dit-elle pleine de gaieté.

- Est-ce que je suis un messager moi aussi ?

- Sans aucun doute. Ta luciole s'illumine, tu es donc lié à elle comme pour moi. N'as-tu jamais rien remarqué ?

Roland réfléchit. Des souvenirs lui revenait maintenant qu'il comprenait l'extraordinaire aptitude des cubes.

- Chez moi oui ! Peu de temps après la découverte de mon poisson... de ma luciole, je suis allé au village. Mes amis ont alors commencé à changer leur façon de vivre. Je me souviens en particulier

182

de Chuck, lorsque je lui ai dit bonjour. Il est devenu bizarre, ce n'était plus le même homme. Celui qui pensait que la terre entière lui en voulait personnellement, a abandonné son projet de muraille contre les invasions des barbares d'Europe. Enfin c'est ce qu'il pensait. Plus personne ne se chamaillait. On était comme un seul homme, tous d'accord pour protéger notre île. L'odeur de fuel de nos bateaux nous écœurait, on regardait la plage pleine d'épave avec dégoût. Des choses comme ça. Mais les gens n'étaient pas beaucoup plus heureux, peut-être que nous l'étions déjà ? Il y a eu ce vieux paysan aussi, il y a quelques jours, je ne me souviens plus très bien. Tu as raison Lucie, je dois être un messager moi aussi - Roland fit une pause - Stéphanie... pourquoi ça n'a pas fonctionné sur elle ?

- Je ne sais pas, c'est curieux. Peut-être parce que tu n'étais pas rechargé ?

Lucie regarda le cube posé à côté du lit.

- Regarde, ta luci... ton poisson est noir. Cela signifie que tu es plein d'une énergie que tu peux transmettre ou alors il y a quelqu'un à proximité.

183

- Toi ?

- Non, je n'influe pas sur le processus. La question me taraudait jusqu'à hier soir lorsque j'ai fait un petit test. Je suis venue te regarder dormir avec mon cube. Il s'est illuminé comme si de rien n'était.

- Je comprends maintenant ! Chaque fois que Stéphanie venait me voir, j'étais toujours occupé, les bras chargés. Nous ne nous sommes jamais serré la main, jamais touché. A Chicago oui, très souvent mais il était trop tard, je n'avais plus ma luciole depuis bien longtemps.

- Je ne veux pas que cette femme te touche ! Si elle doit être "convertie" c'est moi qui le ferais, déclama Lucie en rougissant.

- Parfois, j'entends une petite voix. Est-ce que tu en as une aussi ?

- Une petite voix ? Qu'est-ce qu'elle te dit ?

- Oui, dans ma tête. Elle ne me dit pas grand-chose, des mises en gardes, comme par exemple que je ne devrais pas révéler certaines choses. En réalité, je ne sais pas si le poisson me parle vraiment, c'est peut-être mon imagination, ou une sorte d'intuition qui lui donne une existence.

184

- Je n'ai jamais entendu cette petite voix.

- Crois-tu qu'il existe d'autres personnes comme nous Lucie ?

- Peut-être, nous sommes deux, pourquoi pas d'avantage ?

- Qu'allons-nous faire maintenant ?

- Tout d'abord te reposer et cicatriser puis nous inventerons notre avenir.

Chapitre 17

Stéphanie et son équipe arrivèrent à toute berzingue devant la cabane. Ils se ruèrent à l'intérieur. Évidement il n'y avait personne.

- Merde, merde et merde ! Lâcha Stéphanie. On se divise et on ratisse cette putain de forêt. Vite, il n'a qu'une poignée de minutes d'avance sur nous.

Ils écumèrent le bois à pied, en voiture par les chemins et les routes alentour. Ils ne trouvèrent pas l'ombre d'un homme.

- Nous avons mis huit minutes pour revenir. Quelle distance a-t-il pu parcourir en huit putains de ridicules minutes ? Merde ! On aurait dû le retrouver, c'est insensé !
- Il est peut-être encore dans cette forêt, caché quelque part dans un trou et recouvert de feuilles. Il nous faudrait des chiens. On continue.
- Réfléchissons sur la direction qu'il a prise.
- On peut admettre qu'il ne soit pas venu dans notre direction, pas d'avantage à l'ouest qui l'aurait contraint à contourner l'étang. Non, il s'est sauvé dans une direction opposée à nous,

186

derrière la cabane.

- La nuit ne nous aide pas.

Ils continuèrent à chercher jusqu'à l'aube, élargissant la zone de recherche et rentrèrent à Chicago dépités, déprimés et fatigués.

Stéphanie était nerveuse. Elle tournait en rond et ruminait. Nous avons tout perdu. Pourquoi m'a-t-il fait un coup pareil ? J'ai pourtant était bonne avec lui, il avait tout, une chambre, un salaire, la nourriture à volonté, la liberté d'aller. La vie lui était facile et j'avais confiance. Il m'a trahie ! Que faire sans ce foutu cristal ? On ne peut tout de même pas rédiger un article sans avoir de preuve sous la main. C'est trop injuste de se faire plumer comme ça par un abruti, quelques secondes après une expérimentation prometteuse. Avec les résultats de l'encéphalogramme on avait les ingrédients pour atteindre les sommets de la gloire. Ce cube est maudit, maudit ! Depuis sa découverte, ce n'est qu'une succession d'errances. Faut-il prendre la décision de tout abandonner ?

Après quelques heures de repos Stéphanie convoqua toute l'équipe. Franck et Jenny furent les

187

plus combatifs.

- On ne peut pas tout abandonner, il faut absolument retrouver ce cristal.

- Comment ?

- Lançons un avis de recherche.

- Nous l'avons déjà fait mais ça n'a rien donné. Les policiers s'en foutent royalement.

- Inventons une cabale qui permettra aux flics d'avoir une bonne raison de faire leur travail, dit Jenny qui tenait visiblement une idée. Si je vous dis uranium, cela ne vous suggère rien ?

- Un vol ! Dit Franck

- Parfaitement ! Nous avons le métal. Imaginez-vous Roland en possession d'uranium radioactif et se promenant impunément dans la nature. Voilà une affaire qui motivera les pouvoirs publics !

Stéphanie était abasourdie. L'idée était judicieuse mais perverse.

- Que faites-vous de l'innocence de Roland ?

- Tu as raison Stéphanie. Ourdir un complot ne suffit pas. Il faudra trouver un moyen de disculper le pauvre homme. Nous retrouverons

188

l'isotope et retirerons notre plainte.

- Cette histoire entraînera une enquête sérieuse. Ce n'est pas si simple. On devra répondre à un certain nombre de questions. Comment Roland a-t-il eu accès à l'uranium ? Et pourquoi ? Qui est-il ? Pourquoi l'avons-nous hébergé ici ? Quelle était sa fonction ?

- Hum... et où pouvons-nous cacher l'isotope ?

- Très bien. Je vous propose de réfléchir sérieusement à cette éventualité. Je ne donnerai mon accord qu'à deux conditions seulement : que tout soit parfaitement orchestré, rien ne doit être laissé au hasard et d'autre part que l'on soit certain que la victime ne devienne pas un martyr pour la science. N'oublions pas que nous sommes des scientifiques, pas des malfrats. Je veux aussi que vous ayez conscience que nous jouons là, un jeu dangereux. Maintenant au travail, nous devons faire vite. Je veux un plan d'action demain matin sur mon bureau.

Le lendemain tout était prêt. Stéphanie avait donné son accord. Il était prévu d'accuser Roland du vol à main armée de cinq-cents gramme d'uranium hautement radioactif pour un mobile inconnu. Le larcin aurait lieu ce soir en présence de Stéphanie qui resterait tard au laboratoire. Sous la menace d'une arme, elle n'aurait pas d'autre choix que de remettre au voleur, la boite plombée contenant l'uranium. Le lendemain matin en arrivant la première à son poste, Jenny devait trouver sa patronne, bâillonnée et ligotée au pied du pilier. Franck était chargé de cacher l'isotope dans les greniers inoccupés de l'université, un endroit où jamais personne ne venait. Le plan prévoyait d'impliquer un minimum de personnes, il n'y aurait pas de témoin et la présence de Roland se limitait à une simple relation d'amitié. Une rencontre fortuite sur son île puis une invitation de Stéphanie en retour. Si les policiers doutaient de cette version, il serait toujours possible d'avouer que Roland était son amant.

Stéphanie avait conscience que ses supérieurs désapprouveraient son attitude pour avoir hébergé un inconnu dans les bâtiments de l'université mais cela n'aura plus d'importance lorsqu'ils auront récupéré le cube et publié un article qui fera beaucoup de bruit dans la communauté scientifique. Elle retrouvera facilement sa légitimité. Le cube de nouveau en leur possession, ils retireront la plainte par le retour inexpliqué de l'uranium. Une mauvaise blague dont personne ne trouvera jamais le mauvais plaisantin. L'affaire sera classée.

Le jour d'après, Stéphanie accourue affolée dans les bureaux et signala le vol de l'uranium. Elle portait de réels stigmates de sa ligature, qu'elle avait voulu vivre réellement. L'administration alerta immédiatement les pouvoirs publics. La machine policière était en branle. La photo de Roland fut transmise dans tous les commissariats. Un appel à témoin fut lancé et relayé par plusieurs chaînes de télévision. Une équipe d'enquêteurs et une flopée de journalistes envahirent l'université. Le vol d'une matière radioactive se promenant dans la nature n'était pas une affaire banale. Roland fut très vite considéré comme extrêmement dangereux. La chasse à l'homme était ouverte.

Chapitre 18

Afin de finaliser son rapport et de le rendre intellectuellement acceptable, Yo était retourné une dernière fois dans le passé. Il se retrouva pour la deuxième fois au cœur de la maison de Lucie et Roland. Tout y était parfaitement silencieux. Ses habitants avaient déserté les lieux. Il déambula au hasard, d'une pièce à une autre et se faufila dans l'entrebâillement d'une porte restée entrouverte. Sans doute était-ce l'entrée d'une cave qu'il n'avait pas encore explorée. Une ampoule éclairait faiblement un escalier qui plongeait sous la maison. Il débouchait effectivement sur une petite cave. Il y avait là quelques provisions en bocaux posées sur une étagère, des pommes de terre, quelques bouteilles de vin et des pommes sur caillebotis. Sur le sol en terre battue, un chemin de pas s'enfonçait vers une zone plongée dans la pénombre. Yo ajusta sa vision nocturne et découvrit une ouverture dans le mur. Il s'y engagea mais sa progression fut laborieuse. Le passage étroit et bas, l'obligeait à se baisser franchement. Une très faible lumière rouge semblait poindre aux tréfonds de ce boyau interminable. Il continua péniblement. La lumière s'était intensifiée et quelques chuchotements lui parvenaient des profondeurs de la Terre. Les empruntes dessinées sur le sol étaient nombreuses, preuve que ce chemin était fréquemment emprunté.

La lumière était si vive maintenant, qu'elle irradiait le tunnel et sculptait son embouchure. Yo avait l'impression curieuse de se trouver au cœur de l'intestin d'une gigantesque bête. Un éclat de rire ricocha sur les parois. Il reconnut les voix de Lucie et Roland.

L'anus du boyau déboucha sur une vaste salle voûtée entièrement baignée de cette vive lumière rouge. Roland et Lucie étaient assis chacun sur une petite chaise pliante. Au centre, sur une petite table, étaient posé deux petits cubes. La lumière partait de là et créait cette atmosphère si particulière. Yo ne pouvait qu'admettre qu'il existait une synergie entre les deux objets. Individuellement, ils étaient bleus mais leur union provoquait un rouge intense. Pourquoi ? Quelle était donc leur fonction ? Plus troublant encore était la sérénité du couple.

Après un certain temps, la lumière commença

193

à décroître et Lucie prononça une phrase énigmatique :

\- C'est bientôt terminé. On remonte ?

"Bientôt terminé ? Mais qu'est-ce qui est bientôt fini ?" S'interrogea Yo.

Lucie se leva. Son bas ventre formait un joli arrondi. Elle était enceinte de Jonathan. La lumière rouge disparut rapidement. Le couple avait allumé des torches électriques. Ils quittèrent la crypte et disparurent, happés par l'étrange intestin.

Yo ne les suivit pas. Les voix s'éloignèrent et il resta un moment seul plongé dans le noir absolu puis il ajusta sa vision nocturne et s'approcha de la petite table. Il essaya de manipuler les cubes que le couple avait laissés. Il n'y avait aucun doute, il s'agissait des mêmes objets qu'il avait exhumé des tombes et observé plusieurs fois chez Roland. L'incompréhension s'était insinuée dans son esprit avec la désagréable impression de n'être qu'un béotien. Il avait assisté à un rituel dont il n'arrivait pas à saisir le sens. Un rite parfaitement rodé par les initiés. Sa décision fut irrévocable.

Yo effleura un petit bouton de sa combinaison et se retrouva instantanément au 26ème siècle après Jésus-Christ. Il termina rapidement son rapport et le transmit à son ordre avec la mention « urgent ». Les archéologues se réunirent quelques jours après pour décider qu'il était préférable de montrer le dossier aux scientifiques. Mais aucun des deux ordres ne réussit à trouver une explication valable. Ensemble, ils convoquèrent l'Assemblée des sages ; instance suprême pour toutes les décisions méritant d'être traitées de manière réfléchie.

Ils se retrouvèrent tous dans une vaste bulle de verre, posée dans un écrin de nature. De hauts sommets enneigés se dressaient tout autour. Par contraste, la roche sombre des montagnes, d'apparence stérile, faisait de la vallée, une oasis de verdure et de vie, pourtant peu habitée. Le soleil brillait.

L'intérieur du bâtiment était constitué d'une grande table ronde ajourée en son centre, semblable à une immense roue horizontale. Une quarantaine de personnes pouvait s'y installer. L'air ambiant était

195

doux, tempéré par les parois transparentes de la bulle conçue d'une matière intelligente qui convertissait plus ou moins l'énergie solaire en chaleur ou en fraîcheur. En plein été, ce dôme s'assombrissait jusqu'à devenir totalement opaque lors de grosses chaleurs.

Une vive discussion animait l'assemblée ce jour-là.

- Yo, peux-tu nous montrer tes découvertes ? Dit l'un des sages.
- Bien entendu. Voici les cubes. Vous constaterez qu'ils ne sont pas légers.

Yo laissa circuler les cubes autour de la table, d'une main à une autre, chaque fois avec la même exclamation de surprise.

- Et vous, Hommes de science, malgré toute votre connaissance, vous n'avez aucune explication rationnelle à nous proposer, c'est bien cela ?
- Aucune. Quelques-uns d'entre nous ont émis l'hypothèse d'un cristal radioactif qui émettrait de la lumière dans certaines conditions, un peu comme le fait une matière phosphorescente mais

196

nous avons bombardé les cubes de toutes les manières possibles sans jamais obtenir la moindre excitation atomique. En outre, les vidéos de Yo, nous montrent un changement de la couleur émise, bleue ou rouge et plus édifiant encore, est le poids de ces objets.

- Pas d'avantage d'explication sur leur capacité à flotter ?

- Nous avons fait des essais bien entendu. Ils coulent normalement. L'enregistrement de Yo est là encore de l'ordre du surnaturel.

- Maintiens-tu que leur origine est extraterrestre ?

- Nous ne sommes pas tous d'accord. Personnellement je soutiens cette idée. Nous n'avons pas la capacité technologique de produire un tel chef d'œuvre et bien entendu encore moins les Hommes du 21ème siècle.

- Penses-tu qu'ils représentent un danger quelconque pour notre civilisation ?

- Franchement, c'est peu probable. C'est une énigme certes mais ils sont inertes depuis plus de cinq-cents années, en tout cas depuis leur découverte par Yo. Peut-être ont-ils toujours

197

existé. Cependant, dans l'hypothèse d'une origine extraterrestre, je pense qu'il serait sage de garder cette éventualité à l'esprit.

- Tu ferais un très bon sage, dit l'un d'entre eux.

- Est-il nécessaire de poursuivre vos études scientifiques ?

- Non ...enfin pas exactement. Sans vouloir paraître pessimistes, nous croyons avoir atteint les limites de nos connaissances scientifiques. Il faudrait aborder le sujet sous un autre angle, inventer une autre façon de penser. Pour cela, nous aimerions soumettre le problème à l'ordre des philosophes et même pourquoi pas à certains écrivains.

- Yo, tu as été le seul à entrer en contact avec ces objets au moment de leur activité, n'as-tu pas ressenti en toi-même un subtil changement ?

- Non aucun mais il s'est passé quelque chose d'assez étrange à deux reprises. Je ne l'ai pas notifié dans mon rapport parce qu'il me semble que je me suis laissé débordé par mon imagination. Lors de ma fouille archéologique et ensuite dans le magasin d'alimentation, j'ai ressenti une présence qui m'observait.

Cette révélation provoqua une onde de choc qui secoua toute l'assemblé.

- Es-tu retourné dans les mêmes espace-temps pour vérifier ce sentiment ?
- J'avoue ne pas y avoir songé tellement la chose est grotesque.
- Mais as-tu déjà ressenti une sensation similaire durant ta longue carrière ?
- Jamais.

Yo hésita un moment puis il poursuivit.

- Il y a eu aussi un autre événement curieux que je ne m'explique pas. Lorsque je suis venu pour la première fois dans la maison de Lucie et Roland, il m'a semblé que le petit Jonathan me voyait.

L'agitation qui s'était emparé du dôme ne faiblit pas. Il s'amplifia même d'un brouhaha confus d'exclamations et de bruit de chaise.

- S'il vous plait, un peu de silence. En es-tu certain Yo ?
- Le petit me regardait droit dans les yeux, je me suis retourné pour vérifier si quelque chose avait attiré son regard. Je n'ai rien remarqué. En m'avançant de quelques pas vers lui, il s'est mis à

199

hurler. Voilà ce que j'ai vu. Là encore, je pense qu'il s'agit d'une création de mon esprit ou d'une pure coïncidence.

- Ton imagination est débordante en effet mais bien que la chose soit inconcevable, nous prendrons en considération ton récit, frère Yo.

Le sage qui présidait la réunion se leva et informa l'Assemblée qu'ils allaient délibérer. Une dizaine de personnes se retirèrent dans une salle située sous le dôme. Ils y restèrent deux jours entiers à huis clos. Le temps n'avait pas la même signification pour ces hommes du futur. Ils pouvaient espérer vivre facilement cent-cinquante années sans souffrir d'aucun symptôme de vieillesse.

Les sages étaient choisis de façon aléatoire au sein de la population par le grand ordinateur que l'on avait nommé : "Big Bag". Leur âge et leurs fonctions n'avaient aucune importance. Ils étaient élus pour une courte période de cinq années puis laissaient leurs places au groupe suivant. Lorsqu'il était nécessaire, mais le cas était extrêmement rare, Big Bag nommait un concile de sages spéciaux, cette fois triés suivant un certain nombre de critères : l'intelligence, la vertu, l'altruisme et le profil psychologique en faisaient partie.

Ce n'était pas le cas des sages qui remontaient du sous-sol. Leur représentant invita l'Assemblée à s'asseoir et lut les conclusions qu'ils avaient prises :

- Nous avons établi unanimement que la situation ne requerrait pas un état exceptionnel mais qu'elle nécessitait tout de même un certain approfondissement. Avec la complicité du grand ordinateur, nous avons déterminé trois phases de travail. Le point le plus délicat concerne ce que Yo a ressenti au cours de ses explorations. Tu seras désormais accompagné par Ko O Mo. Vous travaillerez en binôme sur l'affaire que vous suivrez de près, notamment en revenant aux coordonnées qui nous posent un problème. Yo, tu devras en outre, passer quelques examens biologiques et psychologiques. Le deuxième point concerne le rappel d'une soixantaine d'archéo-historiens, qui se partageront la tâche d'une fouille méthodique des cimetières de l'ancien temps avec un objectif précis : rechercher la présence d'autres cubes. En effet, nous nous sommes demandés s'il ne pouvait pas en exister d'autres quelque part sur la Terre. Yo et Ko seront chargés de coordonner les cibles du contingent. Enfin, l'ordre des scientifiques continuera les recherches en collaboration avec des philosophes comme nous l'avons évoqué. Voilà, nous nous réunirons de nouveau en fonction du développement de l'affaire.

Chapitre 19

Cette scène me hantera toute ma vie. En tout cas, quarante années après, je m'en souviens comme si c'était hier.

Dans l'encadrement de la porte, se tenait un homme immense. Sa tête touchait quasiment le haut de l'huisserie. Il était très fin et vêtu tout en noir. Un drôle d'accoutrement, constitué sans doute d'une combinaison sur laquelle étaient fixées des étoiles brillantes. Certaines clignotaient avec une grande régularité, d'autres scintillaient faiblement par intermittence.

Dans mon esprit d'enfant, je vis là une gigantesque araignée velue qui avait sans doute avalé tous les astres du ciel. Sa silhouette n'était pas très nette, mais je pouvais tout de même distinguer les traits de son visage. Il n'y avait aucune méchanceté et même un peu d'étonnement dans ce beau portait. Ça devait être une gentille araignée, comme toutes celles de la maison. Je n'en avais pas peur mais lorsque celle-ci bougea et s'approcha un peu de moi, je ne sais pas pourquoi, je me mis à brailler à tue-tête. Maman qui n'était que dans la pièce voisine, accourut aussitôt. Elle franchit le seuil de la porte et traversa l'impressionnante arachnide comme si elle n'était constituée que d'un écran de fumée noire. L'espace d'un court instant, les étoiles scintillèrent rapidement comme les cierges magiques qui pendaient aux branches du sapin noël que papa allumait le soir du réveillon.

Maman s'accroupit devant moi, masquant un instant et involontairement l'effroyable bête. Je cessai de pleurer. Elle regarda mes doigts. C'est parce que tout petit, j'avais l'habitude de jouer avec une boite magique qui recelait une montagne d'histoires extraordinaires et dont le couvercle s'ouvrait et se refermait automatiquement. Je me blottis entre ses seins et m'accrochai de toutes mes forces à son corps. Ainsi protégé par ma mère, je m'aventurais à sortir ma tête de par-dessus son épaule. L'homme en noir était toujours là, immobile. Il tourna la tête pour regarder quelque chose derrière lui, je ne sais quoi et s'en alla précautionneusement.

De toute leur vie, je n'ai jamais parlé de cette vision à mes parents. Peut-être aurais-je dû les
204

avertir…. Enfin, cela n'aurait rien changé.

Chapitre 20

- Comment était-il habillé ? Demanda le policier

- Il portait un manteau de velours brun et un pantalon noir...

- C'est lui ! Je me souviens de ce manteau, s'exclama Stéphanie.

- ... un pantalon noir déchiré. Je n'ai pas bien vu mais il me semble qu'il portait aussi une chemise blanche...

- C'est ça ! Ça correspond tout à fait !

- ... déchirée elle aussi. L'homme était maculé de boue et de sang.

- Mme Burn, laissez mon témoin s'exprimer s'il vous plaît. Continuez, dites-nous tout ce que vous avez vu, lui demanda le policier.

- J'étais assis sur un banc, j'attendais mon train lorsque l'homme passa devant moi. Il pressait sur sa joue, une boule de tissu pleine de sang. Ça ne devait pas être très joli à voir.

- Hum... il ne pouvait donc pas porter ce qui ressemblerait à une lourde boite en plomb ?

- Ah non... Par contre il avait un sac à dos.

- Était-il armé ?

- Non. Je n'ai rien remarqué.

- L'homme vous a-t-il paru menaçant ?

- Absolument pas. Il semblait plutôt désœuvré.

- Continuez.

- Une femme s'est approché de lui. Elle disait être une infirmière, qu'elle pouvait le soigner. L'homme s'est arrêté et ils se sont longuement observés. Je m'en souviens très bien, j'étais presque en face d'eux, assis sur mon banc. C'était vraiment très étrange. Ils sont restés figés comme deux statues pendant au moins une minute, peut-être plus, sans échanger le moindre mot. Je vous assure que cela m'a paru vraiment long et puis il y avait quelque chose dans l'air... comme... je ne sais pas, un truc bizarre. Enfin bref, j'aurais juré qu'ils étaient amoureux. Puis sans rien dire, l'infirmière a regardé la blessure et a déniché un tissu de son sac, qu'elle a appliqué sur la joue de l'homme en le maintenant avec l'écharpe qu'elle portait. Ils se sont enfin parlés, très doucement. Trop pour que je puisse suivre la conversation. J'ai juste entendu quelques bribes et encore...

- Dites-nous ce que vous avez entendu.
- C'est difficile, je crois qu'ils parlaient de la blessure, d'amis dans un souterrain, d'une longue route...
- Qu'ont-ils fait ensuite ?
- La femme lui a pris la main et l'a entrainé à l'autre bout du quai.
- Vous ne savez pas où ils sont allés ?
- Comment pourrais-je le savoir ? Je les ai revus de l'autre côté du quai. Ils sont montés dans une rame en direction de Belmont. Voilà, c'est tout ce que je peux vous dire.
- Pouvez-vous me décrire physiquement la femme ?
- C'était une jolie poupée, petite, blonde, cheveux ondulés et longs. Elle était fine et possédait une poitrine généreuse et de petites fesses bien rondes, plutôt fermes. Ses doigts étaient fins. Elle donnait l'impression d'être heureuse. Oui, quelqu'un de bien dans sa peau. Entre trente et quarante ans je pense mais je ne suis jamais bon lorsque j'essaie d'évaluer l'âge de quelqu'un.
- Merci, votre témoignage est vraiment précieux.
- Est-ce que je suis contaminé monsieur

l'inspecteur ? Parce que j'étais proche tout de même, s'inquiéta le témoin.

- C'est peu probable, le plomb arrête une grande partie du rayonnement. Une équipe médicale va vous prendre en charge pour quelques vérifications mais n'ayez aucune crainte.

Certains éléments ne corroboraient pas dans l'enquête. L'inspecteur Mc Lee ne comprenait pas les motivations du pêcheur. Cet homme avait vécu paisiblement sur son île pendant trente-cinq années avec une fidélité sans faille et voilà que soudainement, il se retrouvait à Chicago pour voler de l'uranium ! Toutes les personnes de l'île avaient été formelles. Roland était un homme doux et bienveillant, incapable de chaparder quoi que ce soit. Le témoin n'avait vu aucune arme et pas d'avantage de lourde boite plombée. Cependant, pour éviter de se faire repérer, peut-être les avait-il cachées quelque part dans sa fuite. C'était possible. Par contre la version de Mme Burn, le laissait perplexe. Pourquoi avait-elle accueilli cet homme à l'université ? Ils ne se connaissaient que depuis quelques mois. Pouvait-il y avoir une relation sexuelle entre eux ? Cela expliquerait la jalousie que l'inspecteur avait cru déceler dans le regard de Mme Burn lorsque le témoin racontait la scène de la rencontre. La thèse était un peu bancale tout de même. Un Stingfall éperdument amoureux était-il capable de quitter son île pour cette directrice de laboratoire aux dents longues ?

Néanmoins, l'enquête progressait vite. Un deuxième témoin avait certifié avoir vu un homme enturbanné, sans doute blessé ainsi qu'une femme, sortir du métro à Skokie. L'inspecteur avait demandé qu'on lui procure la liste de toutes les infirmières absentes ce jour-là. Sur les dix-huit personnes débusquées, toutes sauf une, avaient un alibi, du congé hebdomadaire, de l'arrêt maladie en passant par les vacances. Après vérification, leurs motivations s'étaient avérées exactes. Il ne restait qu'un seul suspect qui n'avait donné aucun signe de vie auprès de sa direction ; une femme du nom de Lucie Berninger. Son signalement correspondait parfaitement aux témoignages. Il était d'ailleurs amusant de comparer les différentes descriptions du témoin de la station Lake et celui de Skokie. Une femme qui ne s'était pas focalisé sur la poitrine et les fesses de l'infirmière.

Mme Berninger garait habituellement sa voiture à Skokie. Il y avait une forte présomption pour que Mr Stingfall se trouvait chez elle, près de Hastings Creek.

Les choses étant fixées, ce fut un branle-bas de combat. Un cortège de bus plein à craquer de policiers arrivèrent sur les lieux. Un périmètre de sécurité fut dessiné tout autour de la petite maison. Des snipers se postèrent aux endroits stratégiques. On contrôla le niveau de la radioactivité. Le petit cottage était en état de siège.

Chapitre 21

Lorsque j'étais petit, j'avais un problème avec la perception du temps. Plus particulièrement avec celle des adultes. Je ne voyais pas les secondes, les minutes, les heures passer de la même façon. Pour eux, l'horloge déroulait son tapis de nuits et de saisons, plus vite qu'un avion de chasse. Pour moi, cette pendule avançait à la vitesse d'une limace. Mais mine de rien, ça trace quand même une limace. Je n'avais pas l'impression de lambiner. Enfin bref, pour le monde des adultes, je prenais mon temps.

Passer une journée entière à regarder la neige tomber, confortablement assis sur une chaise devant la fenêtre, ne me gênait nullement. C'était même une réjouissance. Je comptais inlassablement les flocons, j'observais leur chute et la prédisais parfois. J'attendais qu'un deuxième flocon se pose sur le premier, puis un troisième.... Je mesurais la hauteur de la neige en comptant les brins d'herbes qui n'étaient pas encore recouverts et j'attendais qu'ils disparaissent. J'évaluais le temps qu'il faudrait à la neige pour gommer telle ou telle aspérité. Je me réjouissais de ce tapis blanc qui recouvrait progressivement toutes les couleurs et changeait les formes. Il y avait de la magie à vouloir aplanir le relief de toute chose.

Au printemps, ma passion se concentrait sur les fourmis. Un jour, ma stupidité voulut que j'assassine l'une d'entre elles en concentrant les rayons du soleil avec l'aide d'une loupe. Elle s'était recroquevillée sur elle-même et avait grillé en laissant échapper un mince filet de fumée blanche. Depuis, pour me faire pardonner cet acte odieux, je les aidais du mieux que je pouvais, en leur apportant des aiguilles d'épicéa et quelques menus morceaux du sucre candi de mon père.

A l'école, un exercice de math, d'arts plastiques ou d'une tout autre matière, me prenait quatre fois plus de temps que mes camarades. Souvent, trop souvent, ils rendaient leurs copies alors que je n'en étais qu'à la lecture du sujet. Je marchais, je mangeais, je dormais lentement. J'étais lent.

Même mes parents, qui n'étaient pas particulièrement des foudres de guerre, me bousculaient parfois. Mais dans l'ensemble, je dois

213

avouer qu'ils avaient bien accepté mon autisme. C'est ce qu'avaient décrété les médecins : votre enfant est atteint d'une forme légère d'autisme. Cette étiquette me convenait. Elle me permettait d'accéder à une certaine autonomie dans ma façon de percevoir le temps. On me retira de l'école. Comme j'avais une grande soif d'apprendre, on m'entoura de livres et ma mère s'occupa de mon éducation. Je serais toujours reconnaissant envers mes parents d'avoir accepté ma différence avec autant de lucidité. Le même enfant, dans un autre environnement, se serait peut-être retrouvé enfermé dans un espace stérile de remontrances et d'intolérance.

Et puis, je n'eus plus à supporter la raillerie des autres enfants. Ma lenteur exaspérante qui me procurait d'immenses souffrances n'était plus un handicap. La rupture avec l'école me donna l'occasion d'apprivoiser progressivement ma différence.

Je n'avais qu'une seule amie. Jenny était dyslexique, presque aussi rapide que moi. Je lui raflais néanmoins systématiquement la couronne d'or de la lenteur. Nous avions à peu près le même âge.

Nous passions tous nos mercredis après-midi dans les bois. Lorsqu'il pleuvait, nous nous retrouvions dans ma chambre. Souvent je l'aidais à faire ses devoirs. J'avais très lourdement insisté et elle avait fini par me laisser lui réapprendre la base du langage écrit, la grammaire, l'orthographe, le calcul. Jenny avait d'énormes difficultés d'apprentissage. Ses échecs scolaires lui procuraient une grande souffrance qui lui aurait laissé de graves lésions si je n'en avais pas parlé à mes parents. Ils l'aidèrent à se sentir mieux.

Nous nous entendions bien. Elle avait quelque chose d'exceptionnel, une imagination hors du commun que j'admirais profondément.

4^{éme} partie

Chapitre 22

- As-tu une influence sur moi Lucie ?
- Parles-tu des lucioles ? Demanda-t-elle en riant.
- Pourquoi ris-tu ?
- Parce que ta question pourrait prêter à confusion. Non, je ne pense pas qu'elles nous influencent mutuellement. Et toi, as-tu ressenti quelque chose ?

Ils étaient assis l'un à côté de l'autre, sur le canapé du petit salon. Lucie buvait un thé rouge et Roland sirotait un café très chaud. La radio diffusait une succession de musiques pop-rock plus ou moins de bonne facture.

- Je me sens bizarre. Je pense que tu m'as transformé.

Le pouls de Roland avait augmenté d'une façon incontrôlable. Il regarda Lucie, submergé par le désir. La résistance était inutile, il s'abandonna. Sa main vint se poser timidement sur la joue de cette femme si belle. Ils se regardèrent intensément. Lucie s'approcha et posa délicatement ses lèvres sur les siennes.

- Je dois être amoureux, chuchota Roland.

Elle se recula légèrement et plongea dans ses yeux. Ils étincelaient des larmes de félicité, prêtent à s'échapper. Ils s'enlacèrent très fort, expirant un souffle d'une totale capitulation. Roland sentait la poitrine ronde et molle de Lucie contre son torse, monter et descendre au gré de sa respiration. Son sexe se déploya dans tout l'espace disponible de son pantalon. Ils restèrent ainsi un très long moment à savourer l'instant présent.

- Je suis heureuse, lui dit Lucie dans un demi sanglot.

La radio diffusa soudain un flash d'information. Roland s'extirpa de son enchantement en entendant son nom. Il n'avait pas suivi le commentaire.

- As-tu entendu Lucie ? Ils parlent de moi à la

217

radio !

- Oui. Tu es recherché activement par la police. Je ne t'en ai pas parlé mais hier soir, il y a eu un flash spécial à la TV. Un avis de recherche a été lancé. Ils diffusent ta photo. Tu serais un dangereux terroriste impliqué dans un soi-disant vol d'uranium du laboratoire de l'université.
- Mais c'est faux ! Et puis c'est quoi l'urmamium ?
- Je le sais bien. Tout cela est une affaire montée, sans doute pour te retrouver plus facilement. L'uranium est un métal radioactif, très employé en recherche mais aussi très dangereux.
- Qu'allons-nous faire ? Ça ne s'arrêtera donc jamais ?
- Ne t'inquiète pas, nous sommes loin de Chicago. Ils ne viendront pas jusqu'ici parce que je ne vois pas comment ils pourraient savoir que tu es là. Malgré tout, par précaution, nous allons rassembler nos lucioles dans la crypte. Je suis désolée mais tu devras rester confiné dans cette maison un certain temps.
- Mon île me manque mais je suis... bien ici. Ce pouvoir que nous avons, nous protège n'est-ce

218

pas ?

- C'est vrai. Nous pouvons neutraliser des personnes mais dans quelle proportion ? Et puis, ce moyen de nous défendre n'est efficace qu'au corps à corps. Devant une arme à feu, nous sommes totalement démunis.

Le lendemain c'est en sortant de la maison pour aller cueillir quelques fraises que Lucie aperçut les premiers policiers. Elle rentra précipitamment en abandonnant son panier et avertit Roland. Depuis les fenêtres du premier étage, ils observèrent un impressionnant dispositif. Il y avait des policiers partout, circonscrits autour d'un large périmètre. La maison était cernée.

- On pourrait se cacher dans la crypte ?
- Je ne sais pas... non, je pense que nous devons les affronter parce qu'ils ne trouveront rien ici. Pas d'uranium, pas d'arme. Il faut leur prouver notre innocence.
- C'est à Stéphanie que l'on doit tout ce bordel. Mon dieu, j'ai été si bête. Si je l'avais touché lorsqu'elle venait chez moi, tout ça n'existerait pas.

219

- Mais je suis contente de t'avoir rencontré ! Tu ne pouvais pas savoir Roland, ne t'inflige pas tant de remords. Ton environnement ne t'a pas aidé à comprendre le mécanisme des lucioles tu sais. En tout cas, tu as raison, nous devons convertir cette femme, c'est une priorité. Elle doit retirer sa plainte et abandonner ses recherches.
- Combien de personnes pouvons-nous neutraliser ?
- A l'hôpital, je m'occupais d'une trentaine de malades en moyenne. A nous deux, nous avons donc soixante cartouches. Peut-être plus, je n'en sais rien. Ce serait bien parce que j'ai l'impression qu'ils sont beaucoup plus nombreux dehors.

Le téléphone sonna soudain. Il résonna dans toute la maison comme un corps de chasse, prélude à la battue. Ils restèrent pétrifiés de frayeur, sans échanger la moindre parole. Puis de nouveau le silence, mortifère.

- Nous ne devons pas nous inquiéter. Tu n'as rien fait de mal Roland, chuchota Lucie.
- ....

La sonnerie rejoua de nouveau son prélude

funèbre. Cette fois Lucie décrocha.

- Allo ?
- Mme Berninger ?
- C'est moi. Elle avait hésité à dire qu'elle n'était que la sœur de Lucie.
- Je suis l'inspecteur Mc Lee. Puis-je vous parler en toute liberté ?
- Je vous écoute.
- Je suppose que vous connaissez la situation de l'homme que vous hébergez. Ne vous menace-t-il pas avec une arme ? Répondez par oui ou par non.
- Il est inutile de brouiller la conversation. Je suis entièrement libre de mes actes et de mes paroles monsieur l'inspecteur. Je tiens aussi à vous dire que Mr Stingfall est victime d'un complot. Il est innocent des faits qui lui sont reprochés, dit Lucie légèrement agacée.
- Très bien, je ne demande qu'à vous croire. Dans ce cas, vous ne verrez pas d'inconvénient à sortir de la maison pour vous rendre aux autorités et rétablir la vérité ?
- ...
- Mme Berninger ? Je vous rappelle qu'une enquête

221

est ouverte. En protégeant M. Stingfall, vous devenez à fortiori complice d'un suspect à priori dangereux. Êtes-vous consciente de votre situation ? Ne gâchez pas votre vie madame.

- Rappelez-moi dans une demi-heure. Nous allons réfléchir à votre proposition.

Elle coupa la communication et s'effondra dans le canapé.

- Qu'allons-nous faire Roland ? On ne peut pas sortir et abandonner nos lucioles. C'est impensable.

- Je t'ai causé beaucoup d'ennuis Lucie, je vais me rendre seul.

- N'y pense même pas ! Que feras-tu au commissariat de Chicago, loin de ton cube avec un mal de tête impossible ?

- Quatre-vingt km, c'est encore supportable. Tu pourrais te rapprocher de moi en prenant mon poisson ?

- C'est trop risqué mais l'idée est intéressante. Essayons d'abord de les annihiler. Si ça tourne mal, ils me libéreront rapidement et je viendrais te chercher.

- Si ça tourne mal, ils fouilleront la maison de la cave au grenier, millimètre par millimètre à la recherche de l'urmamium et s'ils trouvent nos lucioles, nous sommes foutus.

- C'est un risque à prendre. Nous avons bouché l'entrée de la crypte, ratissé et aspergé d'essence le sol. Espérons que les chiens ne trouveront rien.

- Mais nous ne pourrons rien faire si des centaines de policiers pénètrent dans la maison, il faudrait qu'ils viennent par petits groupes.

- Ce serait l'idéal en effet. Nous pourrions mentir, leurs dire que nous sommes lourdement armés ? Ils n'oseront pas se lancer dans un assaut meurtrier.

- Je ne sais pas quoi en penser Lucie. Ça me dépasse. J'aimerais pouvoir les inviter à négocier autour d'une tasse de café avec des p'tits gâteaux.

- Tu me fais rire Roland, j'aimerais avoir ton insouciance. Oh et puis tu as raison, au diable les plans foireux. Je vais essayer de les convaincre de venir par petits groupes. C'est à nous de poser nos conditions après tout.

- Lorsqu'ils seront là, je leur serre la main c'est bien

ça ?

- Si tu le peux oui. Tu peux tout aussi bien les toucher à n'importe quel endroit, le résultat sera le même. Il faudra réagir vite et de la manière la plus appropriée.
- C'est d'accord.

Ils attendirent fébrilement le réveil du téléphone. Un temps qui leur parut infiniment long. Lucie décrocha.

- Inspecteur Mc Lee. Je vous rappelle comme convenu. Qu'avez-vous décidé Mme Berninger ?
- Nous sommes tout à fait favorables pour coopérer mais nous ne sortirons pas de la maison. Nous vous proposons- donc de venir nous interroger ici mais seulement par petits groupes non armés.
- Notre mission est d'interpeller M. Stingfall, pas de jouer dans une cour d'école maternelle Mme Berninger.
- Nous ne jouons pas inspecteur. Plutôt que d'être des cibles de ball-trap, nous préférons que vous nous interpelliez dans la maison. Ne tentez rien d'autre. Je vous rappelle que nous sommes armés.
- Hum... donnez-moi dix minutes.

Mc Lee n'avait pas beaucoup de solution. Il ne pouvait pas moisir ici en attendant que les assiégés meurent de faim et un assaut direct comportait des risques. Un jeune policier du nom d'Anton se proposa courageusement, ce qui eut pour effet de mettre un terme à son hésitation. Que pouvait faire Stingfall et Berninger sans expérience dans le maniement des armes face à ses gars surentraînés ? Il avait en l'outre, l'intime conviction que ces deux-là, n'étaient pas violents. Mes hommes les maîtriseront facilement.

- Lucie Berninger ? C'est d'accord, je vous envoie deux hommes. Ils porteront une arme à leur ceinture avec l'ordre de les utiliser en cas de nécessité. Surtout ne tentez rien qui pourrait leur nuire. Ce serait une grave erreur. Sommes-nous sur la même longueur d'onde ?

- Ne vous inquiétez pas. Nous sommes innocents et nous voulons le prouver.

****

Anton était un policier brave et courageux. Il avait de l'ambition et voulait une promotion en démontrant sa valeur d'une façon spectaculaire. Cette affaire tombait à pic. Il se proposa donc tout naturellement pour cette mission délicate.

Les deux hommes traversèrent lentement le jardin. Lourdement caparaçonnés, ils ne craignaient pas grand-chose mais leur tension était palpable. Il était convenu que la porte d'entrée ne serait pas fermée à clé. Ils l'ouvrirent prudemment et entrèrent dans la maison. Dans le salon situé à gauche, une jolie femme blonde les attendait. Elle singeait un sourire un peu crispé. Anton balaya l'espace rapidement.

- Ou se trouve M. Stingfall ?
- Dans la cuisine, ne vous inquiétez pas, il ne va pas tarder. Je vous en prie, entrez.

Ils hésitèrent avant de pénétrer dans le salon.

- Non, ça ne fonctionne pas comme ça. M. Stingfall, passez devant en levant les bras, cria Anton en direction de ce qui lui semblait être la cuisine.

Ils avaient dégainé leurs armes et les pointaient dans la direction de la cuisine.

Roland apparut avec un plateau de collations dans les mains. Les deux policiers furent surpris un moment. On aurait cru qu'ils étaient des amis venus leur rendre visite.

- Posez ce plateau très lentement et levez vos bras.

Roland s'exécuta, il passa devant les policiers, posa le plateau sur la table basse du salon et leva les bras. Ils se rendaient sans résistance et demandaient même qu'on leur passe les menottes. L'opération semblait presque trop facile mais ils s'exécutèrent mécaniquement. Tout bascula à ce moment précis. Le monde dans lequel ils avaient vécu depuis leur plus tendre enfance s'évanouit pour toujours. Anton se sentit inondé d'un bonheur qui ruissela dans toutes les artères de son corps jusqu'au cerveau où il explosa en une gerbe multicolore. Une dose de cocaïne aurait eu le même effet. Il regarda les menottes qu'il tenait dans la main et l'arme dans son holster avec une grande curiosité. Anton se demanda ce qu'il faisait avec ça.

- Excusez-moi madame, je... je ne voulais pas vous faire mal, je ne comprends pas ce qui m'a pris.
- Aucune importance.

Brady, son collègue était plongé dans le même état. Il s'était débarrassé de son arme avec répulsion et serrait Roland dans ses bras. Le pêcheur

227

était radieux. C'était la première fois qu'il convertissait quelqu'un sciemment. Un sentiment de triomphe se lisait sur son visage.

Lucie proposa du thé et du café et tous s'assirent autour de la petite table du salon tandis que l'émetteur récepteur des policiers jouait les troubles fêtes.

- Brady, Anton, que se passe-t-il ?

Ils regardèrent leur engin avec indifférence et les révoquèrent sans pitié en leur clouant le bec mais Lucie intervint.

- Vous devriez répondre.

- Vous avez peut-être raison, ils ne sont pas commodes là-dehors, dit Brady en rallumant son talkie.

- … ieu d'merde, répondez !

- Tout va bien Mc Lee ! Ces gens ne sont pas ce que nous croyons. Nous avons fait une erreur, vous devriez venir le constater par vous-même.

- Attendez ! S'exclama Lucie soudainement prise de panique. Coupez l'émetteur. Dites-lui de venir avec un petit groupe, s'il vous plaît !

- Mais pourquoi, puisque qu'il s'agit de la plus

228

monumentale erreur de ma carrière de flic ?

- Vous êtes convaincu de notre innocence mais pas vos collègues. Pas encore. Imaginez qu'ils viennent par dizaine, comment pourrons-nous prouver quoi que ce soit dans le fatras que ce serra ?

- Hum... je ne pige pas très bien mais c'est entendu, je vais essayer. Et Brady ralluma son talkie.

- ...erde ! Brady bordel ! qu'est-ce que ça signifie ?

- Simplement que nos suspects sont suffisamment anxieux comme ça. Laissons-leur un peu de dignité. Venez avec quelques hommes seulement. Ils ne sont pas armés, rassurez-vous.

Chapitre 23

Yo était revenu avec son compagnon Ko O Mo, au moment précis où il avait soupçonné l'enfant de le percevoir. Jonathan ne les regarda qu'une fraction de seconde avant de reporter son attention sur une minuscule araignée qui traversait le pas de la porte, tranquillement devant eux. Si petite d'ailleurs qu'ils ne la découvrirent pas immédiatement.

La scène n'était plus celle qu'avait vécu Yo la première fois. Il en fut profondément déstabilisé. Avait-il halluciné ? Si seulement, il avait enregistré sa première visite, il aurait eu une preuve, un document qui lui aurait permis la comparaison.

Par la suite, ils voyagèrent à différentes époques de la vie de Jonathan sans jamais soupçonner le garçon de remarquer leur présence. Cependant, Ko connaîtra lui aussi, l'étrange impression d'être parfois observé avec pour conséquence de rassurer Yo sur son état de santé psychique. Il n'était pas devenu complètement fou.

Grâce à un article extirpé de

l'incommensurable mémoire de "Big bag", d'un journaliste du 21ème siècle du nom de Robert Fall, ils assistèrent à la tentative d'arrestation de Roland et Lucie.

Dans le salon de la petite maison, se trouvait un policier tranquillement assis, une tasse de café bien chaud à la main. Un autre du nom d'Anton, accueillait cinq autres de ses collègues qui venaient d'entrer. Lucie et Roland se tenaient debout dans le salon. A l'exception d'Anton et Brady qui souriaient béatement, la tension était aussi tendue qu'un élastique proche de son point de rupture. L'un des hommes de l'inspecteur céda le premier. Profitant d'un moment d'inattention de Roland, il lui sauta dessus. Les deux hommes tombèrent lourdement sur le sol. Surpris, les autres policiers dégainèrent leurs armes à une vitesse ahurissante. Yo et Ko, plongèrent ensemble au sol et renversèrent un petit guéridon. Ce qui ne manqua pas d'attirer tous les regards sur eux. Ils étaient devenus l'objet invisible d'une vive attention. Par bonheur, l'inspecteur intervint et les regards se détournèrent du guéridon couché sur le sol de façon inexplicable.

\-   On se calme ! Que personne ne bouge !

Le policier à terre se releva tout étourdi et confus. Il aida Roland à se relever et s'excusa platement.

\-   Pardon monsieur, je ne sais pas ce qu'il m'a pris, ... suis vraiment désolé. Je ne vous ai rien cassé ? Balbutia-t-il.

Les policiers se regardèrent incrédules. Il régnait une confusion extraordinaire. Un flottement d'incompréhension que Yo n'avait jamais vécu de toute sa longue vie.

C'est l'inspecteur Lee qui brisa le premier l'indicible atmosphère.

\-   Mais bon dieu, que se passe-t-il ici ? dit-il en gesticulant comme une marionnette.

Lucie s'approcha de l'inspecteur.

\-   Laissez-moi vous expliquer, dit-elle avec un sourire un peu joué.

Tout se passa très vite. Elle effleura l'homme d'une légère pression sur son bras tandis que Roland se faufila entre les trois autres policiers, profitant de leur incrédulité, il entra discrètement en contact avec chacun d'entre eux.

Yo et Ko ne perdaient pas une miette de cet étrange spectacle. Il n'y avait plus aucune tension, un climat fraternel avait tout balayé.

L'inspecteur s'excusa mille fois de sa méprise et alla même jusqu'à avouer qu'il n'avait jamais vraiment cru à cette histoire de vol.

- Nous allons nous retirer et vous laisser tranquilles. Si vous avez besoin de quoi que ce soit, n'hésitez pas à m'appeler à mon bureau, dit-il en tendant une carte.

Mc Lee rappela tous ses tireurs d'élites au talkie et ils sortirent tous ensemble de la petite maison. Roland, grisé par le succès de l'opération avait voulu poursuivre l'expérience. Le couple se retrouva au milieu d'une foule compacte de policiers et de journalistes et saluèrent d'une rapide poignée de main autant de personnes que possible. Roland aperçut Stéphanie qui le fusillait d'un regard réprobateur. Elle était furieuse mais aussi décontenancée par la tournure des événements. Il chuchota à l'oreille de Lucie.

- C'est elle, à toi l'honneur.

Il détourna son regard, s'éloigna et ne la revit

plus jamais.

Lucie s'approcha de la femme en tendant la main mais celle-ci refusa de la lui serrer.

- Bonjour Mme Burn, je suis Lucie Berninger
- Qu'avez-vous fait de mon cube ? Dit-elle sans préambule
- Votre cube ? De quoi parlez-vous ?
- Ne me prenez pas pour une idiote ! Cet objet revêt la plus grande importance scientifique. M. Stingfall nous l'a volé.
- Vous délirez madame. Est-ce vous qui avez fomenté cette histoire d'uranium ?
- Fomenter ? Mais pour qui me prenez-vous ?

La colère déformait le visage de Stéphanie. Il fallait abréger ses souffrances et surtout stopper cette hémorragie verbale concernant l'existence du mystérieux cube. La situation était d'autant plus urgente que plusieurs personnes s'étaient regroupées pour écouter la vive altercation. Lucie se rapprocha imperceptiblement et s'élança sur sa proie d'un bond vif comme l'éclair. Elles tombèrent toutes les deux sur le sol. L'affaire était close. Lucie se releva et revint vers Roland.

- Voilà, mon pêcheur préféré, c'est la fin de tes ennuis, lui dit-elle souriante.
- Merci Lucie, sans toi je n'y serais jamais parvenu.
- Je te laisse t'occuper de ses collègues, je pense qu'ils doivent être quelque part dans cette marée humaine.

Peu à peu la foule s'éclaircit, les gens repartaient chez eux. Le couple se retrouva pour la première fois, affranchit du poids considérable de la suspicion. Lucie récupéra son panier, ils le remplirent de fraises bien rouges et rentrèrent à la maison.

En réalité, il restait encore deux autres personnes. Deux êtres aussi invisibles que le vent. Tous les deux, estomaqués par ce qui venait de se passer. Ils s'assirent sur un banc de bois vieilli par le temps et regardèrent en silence le soleil se coucher. Ils perçurent quelques rires étouffés venant de la maison. Yo et Ko auraient dû continuer leur investigation mais la fatigue s'était emparé d'eux. Ils reviendraient plus tard.

Le soleil était le même que chez eux, juste un tout petit peu plus jeune. Il continuerait à dispenser la vie sur la Terre.

Chapitre 24

Anton Nebrus démissionna de son poste pour un emploi de magasinier chez un modeste fabriquant de fromages. Il gérait les stocks et conduisait parfois le petit camion de livraison. Il s'était ainsi extrait d'une corporation policière répressive et xénophobe qu'il ne comprenait plus. Bon nombre de ses collègues avait également quitté leur poste et s'était reconverti. Le retour de la mission d'Hastings Creek avait donné lieu à un profond bouleversement au sein du CPD, la police de la ville. La plupart des hommes revenus de cette mission refusaient de porter une arme et tous n'imaginaient plus une seule seconde devoir s'en servir un jour. Ils étaient devenus les défenseurs des minorités et des populations pauvres. Non pas parce qu'il y avait plus d'humanisme dans ces groupes sociaux, il n'y en avait pas d'avantage, mais parce qu'ils leur inspiraient de la commisération. L'incompréhension était telle, qu'une scission s'était opérée entre les policiers revenus du terrain et les autres. L'effectif diminua de façon spectaculaire.

Brady Tansa s'installa au Canada, dans une cabane au bord d'un lac, vivant de presque rien. Il s'était retiré de la société et y vivait en ermite.

L'inspecteur Grady Mc Lee était resté dans ses fonctions. Il tenta de créer une police environnementale pour la protection des animaux et des écosystèmes mais sa place était sur la sellette. Les fonctionnaires de la ville, ceux qui l'avaient élu à son poste, ne comprenaient pas ce revirement impromptu et sa volonté de modifier l'organisation du CPD. Cependant, il s'accrocha, jouant sur la vague des démissions en masse qui n'était, visiblement pas, de sa responsabilité. Intuitivement, il savait que Lucie et Roland avec qui il était resté en contact, pourraient l'aider dans sa tâche. De leur côté, le couple avait un allié de poids et une amitié s'était formée entre eux.

Campbell Arkinst, un autre policier revenu de "la bataille d'Hastings", n'avait pas reconnu sa femme en rentrant le soir chez lui. Une femme boulimique d'émissions télévisuelles abrutissantes et à l'humour d'une vulgarité proche de l'idiotie. Il ne reconnut pas d'avantage ses enfants bagarreurs et hurlants. Il tenta, en vain, de faire comprendre à sa

237

petite famille qu'il y avait peut-être mieux à faire dans la vie que de crier sans cesse ou de s'abreuver d'émissions lobotomisantes, propagande insidieuse et performante des sociétés dites « modernes ». Campbell finit par fuir son foyer et rejoindre sa sœur dans le Kansas.

Stéphanie avait démissionné de son poste. La cabale s'était ébruitée et elle n'eut pas d'autre choix que de quitter ses fonctions à l'université. Elle prit un poste d'enseignante dans un petit collège et en fut totalement satisfaite. Elle trouva véritablement passionnant de transmettre son savoir à de petits Terriens qui se retrouveraient peut-être un jour de grands chercheurs. Le cristal, ce démon qui l'avait imprégné de son maléfice pendant des mois, s'était instantanément évaporé. Il n'était qu'un lointain souvenir mais il lui arrivait de temps en temps de revenir subrepticement occuper ses nuits. Stéphanie se laissait alors envahir et son esprit scientifique se remettait en marche. Au petit matin, tout avait disparu.

Le journaliste Robert Fall qui avait été présent à Hastings, n'avait pas réussi à s'approcher du couple pour l'interroger. Au terme d'un franc coude à coude avec la foule, il s'était résolu à observer la scène, juché sur le toit de son mini-van. Peu à peu, un doute s'était installé. La scène avait été surréaliste. Le couple avait fendu une foule nerveuse mais curieuse et avait laissé dans son sillage des gens incrédules, hébétés puis soudain souriants et parfois même hilares. Certains pleuraient, d'autres levaient les bras au ciel en remerciant leur créateur. Ainsi le couple avait parcouru la foule comme une onde rédemptrice.

Robert Fall écrira dans son journal : « ...*ces gens ne sont pas comme vous et moi. Il y a de l'étrangeté derrière leurs sourires. Une arme capable de détruire n'importe lequel de nos préjugés. Certes, ils ne sont sans doute pas les auteurs du vol de l'uranium mais très certainement les gourous d'une secte naissante, qui pourrait devenir un jour l'un de nos pires cauchemars. Il serait prudent de les surveiller de près !* ».

Chapitre 25

Deux années s'étaient écoulées. Sous le dôme de verre, une énième réunion se préparait. L'ordre des scientifiques n'avait pas réussi à percer le mystère des cubes mais sur le terrain du 21ème siècle, les enquêteurs avaient fait des découvertes spectaculaires. Tous avaient désormais la certitude que les cubes transmettaient un pouvoir à leurs propriétaires. Une aptitude utilisée pour transformer radicalement et irréversiblement les personnes qu'ils croisaient. Un contact physique devait avoir lieu pour que la transmission s'effectue.

Peu à peu l'humanité changeait. Les mœurs et la façon de concevoir la présence de l'espèce humaine sur la planète se rapprochaient de la conception de la société de Yo. La propagation s'était rependue partout sur la Terre. Les enquêteurs localisèrent des "foyers épidémiques" sur toute la surface du globe. Il était bien sûr inconcevable, même s'ils se déplaçaient beaucoup, que Lucie et Roland soient à l'origine de ces points infectieux. Par ailleurs, ils ne voyageaient que sur le continent nord-américain. Aussi, après de nombreuses sorties, les enquêteurs découvrirent l'existence d'une vingtaine d'autres cubes, tous de la même époque : en Mongolie proche de la ville de Tchoibalsan, en Europe dans le Jura, en Inde dans les régions du Rajasthan et du Bihar, en Chine, en Australie, en Afrique... Leur répartition était assez homogène et toujours dans des contrées peu peuplées mais souvent proches d'un grand centre urbain. Il devait en exister bien d'autres encore. Les effectifs furent triplés.

Les Hommes du futur qui n'avaient jamais élucidés le virage qu'avait pris l'espèce humaine, commençaient à comprendre qu'il datait de cette époque et était lié à un phénomène extraterrestre. Un coup de pouce salutaire ? Cette question de l'existence d'une autre espèce douée d'intelligence quelque part dans le cosmos, mettait en émoi l'ensemble de l'Assemblée. C'était une quête palpitante mais qui soulevait sans cesse d'autres interrogations. Comment expliquer par exemple la disparition des cubes à la mort de leur propriétaire ? L'un d'eux avait vécu en Allemagne à Michendorf près de Potsdam. Mort d'un banal accident de la

241

circulation. L'autre, un Sud-Africain de Boskop, situé entre Balfour et Sasdburg, décédait d'un cancer du côlon. Dans les deux cas, les cubes s'étaient volatilisés. Ils disparurent littéralement sous les yeux des enquêteurs. Par conséquent comment expliquer la présence des cubes dans la tombe de Roland et de Lucie puisque partout ailleurs leurs traces disparaissaient ?

On s'interrogea aussi sur la spécificité des « élus » et on remarqua qu'ils avaient tous en commun une profonde admiration du vivant. Pour eux, la vie d'un insecte, d'une gazelle, d'un arbre ou d'un homme revêtait une importance sacrée, proche de l'animisme. L'absence d'une volonté de domination était également remarquable. Aucun d'entre eux n'était animé de quelque souveraineté que ce soit. Ils s'en fichaient éperdument. Ils étaient altruistes, presque naïfs.

Les Hommes du futur s'interrogèrent longuement sur ces caractéristiques qu'ils avaient aussi. Ils étaient les descendants de cette espèce d'homo sapiens, eux les Homo Sapiens Vitae. Alors, pour quelle raison, n'arrivaient-ils pas à entrer en contact avec les cubes ? Ils leur manquaient certainement quelque chose qu'ils n'arrivaient pas à identifier.

Dans la salle, quelqu'un se leva et intervint de façon spectaculaire.

- Peut-être devrions nous interagir physiquement ?
- Comment ça ?? Peux-tu nous expliquer ce que tu as derrière la tête ? lui demanda un sage.
- Et bien l'idée serait d'interroger directement Lucie et Roland par exemple. Je pense à eux en priorité car ils sont différents, leurs cubes s'illuminent en rouge.

Un bruissement de tissu et de chuchotements, pareil à une nuée de criquets s'éleva dans les airs, bientôt suivi d'un vacarme tonitruant.

- Es-tu sérieux Mo Ki Wu ? déroger à la première de toutes nos règles d'excursions dans le passé ? Te rends-tu compte que c'est insensé ? Par ailleurs, c'est théoriquement impossible.
- Oui, je sais qu'il est absurde de penser cela. Nous ne pouvons pas nous montrer physiquement, c'est acquis, mais nous pourrions établir un autre

type de communication, d'ordre ésotérique ou surnaturel. Le couple se trouve déjà baigné dans un profond mystère. Je pense qu'ils accepteraient facilement de voir un objet bouger tout seul ou un message descendre du ciel comme ça… sans être effrayés.

Le silence était soudain revenu sous le dôme. L'idée était parfaitement surprenante et non dénuée de réalisme.

- Hum…. Je note ta proposition Mo et je te remercie de ton intervention. Elle mérite d'être étudiée, cependant je doute fortement qu'elle soit acceptée.

Chapitre 26

Lucie accoucha d'un petit garçon, Jonathan, le 6 septembre 2021. Il était le fruit mûr et savoureux d'une vive passion amoureuse qui s'était condensée en une relation indéfectible. Le couple s'était installé dans la petite maison campagnarde de Lucie mais ils retournaient régulièrement sur l'île enchantée.

L'endroit avait bien changé depuis le départ précipité de Roland. La plage s'était peuplée de bateaux de pêches aux voiles multicolores et sur toutes les maisons avaient fleuri des éoliennes ou des panneaux solaires. Des vergers, bien qu'encore très jeunes, ainsi que des champs, s'étageaient au-dessus du bourg, en terrasses aménagées sur les contreforts de la montagne. Des ruches disséminées çà et là, participaient à la pollinisation des arbres fruitiers, des fleurs sauvages d'une grande diversité et des cultures maraîchères. Tout avait été pensé pour fonctionner en symbiose entre les hommes, leurs besoins et l'environnement. Si une plante introduite sans précaution dépérissait, on n'insistait pas, elle n'avait tout simplement pas sa place ici. C'était une belle réussite ce microcosme où chacun participait à un parfait équilibre.

Peter et William, les amis du métro de Chicago s'étaient installés dans la maison rouge. Gordon avait préféré rester dans la mégapole et Roland l'aida à retrouver une place de pêcheur sur le lac Michigan. Non sans avoir préalablement modifié le comportement des armateurs.

Chaque fois que le couple débarquait sur l'île, leurs amis ne manquaient jamais de les remercier et fêtaient leur retour en organisant un immense banquet.

Le petit Jonathan se plaisait ici. Il hurlait de joie chaque fois que ses parents annonçaient qu'ils partaient chez tante Diana. Il y avait tant de choses à observer ! et plus particulièrement les abeilles qui le fascinaient.

Jean avait agrandi son magasin pour faire face à un nombre croissant de touristes venus pour se reposer et surtout pour voir la maison rouge.

Chuck et Nick s'étaient associés dans la construction d'un petit hôtel en bois très sommaire. Bref, l'endroit était devenu en quelques années, un havre de paix, un succès exemplaire et il faisait bon y vivre.

Roland et Lucie auraient voulu s'y établir définitivement mais ils avaient une tâche à accomplir sur le continent et pour la mener à son terme, ils devaient garder un contact avec le plus grand nombre possible de citoyens américains. Le couple était en effet intimement convaincu, sans toutefois en connaître les raisons, qu'il devait pacifier le monde. La Terre était au bord du chaos. La corruption, la faim, les mouvements migratoires dues aux bouleversements climatiques, l'enrichissement d'une poignée d'oligarques, les guerres idéologiques et religieuses toujours plus nombreuses, le terrorisme, le lobbyisme et bien d'autres problèmes encore étaient autant de réalités mortifères qui conduisaient la planète entière au désastre. Le libéralisme à l'américaine était un échec cuisant. Il était trop tard pour que les Hommes puissent seuls régler les problèmes. Le voulait-ils d'ailleurs ? Ils avaient emprunté le mauvais chemin.

Roland et Lucie n'avaient qu'une conscience

limitée de l'implosion imminente de la planète et une très vague idée de leur mission. Ils étaient simplement mus par une force invisible. La petite voix ne résonnait plus dans la tête de Roland mais sans s'en rendre compte, les cubes guidaient leurs pas. Ils n'étaient que les vecteurs d'une force toute puissante.

Leur mission les amena à côtoyer les décisionnaires du pays : ils étaient politiciens, industriels, financiers, femmes ou hommes, qui tiraient les ficelles de la marche du monde. L'inspecteur Mc Lee joua un grand rôle au démarrage de leur quête pour rencontrer tout ce petit monde feutré et ultra-protégé. De fil en aiguille, le couple s'introduisit progressivement dans toutes les strates de la fine fleur du pays.

De son côté, l'inspecteur avait eu besoin de leur étrange influence. Il en était convaincu, ces gens avaient quelque chose de très spécial. Quoiqu'il en soit, magnétisme, hypnose ou envoûtement, il ne pouvait que les remercier de l'avoir aidé dans sa fonction. Totalement convaincu par ses nouvelles croyances animistes, il œuvrait pour une cause noble : le vivre ensemble dans une nature pacifiée. Il lui semblait parfois, très rarement, avoir été quelqu'un d'autre, un homme radicalement différent. C'était toujours un sentiment fugace et brumeux.

Toutefois, Mc Lee restait un policier, et gare à ceux qui contrevenaient aux nouvelles lois en place. Son département était devenu puissant et intransigeant en matière de normes environnementales.

La vie de Roland et Lucie était donc très mouvementée. En quelques années, ils étaient devenus populaires. Des centaines de personnes venaient chaque jour chez eux, espérant une guérison, une bénédiction ou recevoir la félicité de dieu. Le couple n'avait pourtant aucune affinité religieuse mais, considérés comme des saints, les processions étaient incessantes, longues chaines humaines qui convergeaient vers Hastings Creek.

En sus de leurs déplacements aux quatre coins du pays, Roland et Lucie, eurent à gérer cette marée humaine. Ils avaient été contraints d'imposer des heures de visites : Lucie recevait les gens de huit à dix heure du matin et Roland prenait le relais

249

jusqu'à midi. Malheureusement, quatre ou cinq heures de "consultation" par jour ne suffisaient pas et le flot des pèlerins ne cessa de grossir.

La nouvelle de leur "sainteté" et de leur pouvoir de guérison, s'était rependue comme une trainée de poudre. Fait étrange, il n'y avait eu aucune publication médiatique quelle qu'elle soit, aucun reportage. Leur popularité ne tenait qu'au bouche à oreille et aux réseaux sociaux.

Les pèlerins restaient parfois plusieurs semaines à attendre leur tour. Ils plantaient des tentes dans les près aux alentours, construisaient des huttes dans les bois, dormaient dans les granges avoisinantes ou chez les habitants. Occasionnellement, lorsque le temps le permettait, ils s'allongeaient dans l'herbe fraîche et s'endormaient sous l'extraordinaire spectacle étoilé que formait la voute céleste.

Heureusement pour nos deux archanges, les consultations étaient très courtes. Un contact même furtif suffisait pour que le patient reparte transfiguré et aussi léger qu'une plume. Le rythme des échanges avait une cadence de travail à la chaine.

Un inconvénient majeur se présenta très vite. Le couple dut réaménager son "sanctuaire" et cela ne fut pas une mince affaire. Il leur fallut construire une seconde crypte plus profonde que la première salle afin d'éloigner les cubes de toute présence humaine. Ils avaient remarqué en effet qu'avec toute cette activité en surface, la lumière émise était plus faible et le rechargement plus long. Heureusement, la roche était tendre et le couple eut l'heureuse surprise de découvrir une seconde salle, déjà en partie ouverte, comme si elle avait été prévue dans un plan depuis longtemps établi. L'agrandissement du tunnel d'accès, leur demanda de nombreux mois.

Lucie et Roland descendaient quotidiennement dans les entrailles caverneuses. Parce qu'il n'était pas question de laisser Jonathan tout seul en haut, il accompagnait ses parents systématiquement.

- Un jour, lorsque nous serons trop vieux, nous ne pourrons plus descendre, avait dit un jour Lucie à son mari.

Alors, lorsqu'il avait un peu de temps, Roland

sculptait une marche ou agrandissait une petite partie du boyau.

Ils partaient tous les trois, pour deux ou trois heures. Le chemin était long et escarpé. Ils apportaient avec eux, un livre, un jouet ou un morceau de bois à sculpter, un panier de provisions. Tout en bas, l'atmosphère était étonnamment tiède et chacun vaquait à ses occupations.

Chapitre 27

Dans l'encadrement de la porte, se tenaient deux hommes immenses. Leurs têtes touchaient quasiment le haut de l'huisserie. Ils étaient fins et vêtus de noir. Un drôle d'accoutrement constitué sans doute d'une combinaison, sur laquelle étaient fixées des étoiles brillantes. Certaines clignotaient avec une grande régularité, d'autres scintillaient faiblement par intermittence.

Dans mon esprit d'enfant, je vis là, deux gigantesques araignées velues qui avaient sans doute avalé les astres du ciel. Leurs silhouettes n'étaient pas très nettes, un peu floues mais je pouvais tout de même distinguer leur visage...

Il me semblait très vaguement avoir déjà vécu cette scène, un peu comme une odeur oubliée qui rappelle un lointain souvenir. Où, quand ? A l'époque, j'étais bien incapable de le dire. Deux scénarii très différents se sont télescopés à la même date, dans un même lieu. De toute ma vie, ce fut le seul et unique évènement de ce genre que je vécus.

Lors de cette deuxième représentation, la petite voix qui m'habitait, venue des profondeurs abyssales de ma conscience, était venue m'enjoindre de ne regarder ces hommes sous aucun prétexte. Ils devaient admettre que je ne voyais rien d'autre que le décor.

Après avoir très brièvement regardé les deux hommes, je portai mon intention sur une petite araignée providentielle, qui traversait tranquillement la pièce devant eux. A ce moment, sans savoir pourquoi, je me suis mis à brailler à tue-tête.

Aujourd'hui encore, je ne pourrais pas affirmer que la minuscule bête ne fut pas guidée par une force mystérieuse. Etait-ce bien le hasard qui avait entraîné cet animal à se promener en ce moment précis ?

Il existe bien des choses qui me différencient. Par exemple, le fait que j'étais capable, comme mes parents, d'interagir avec les cubes.

Je l'ai découvert un après-midi. J'étais seul à la maison et j'avais décidé d'emprunter le tunnel souterrain pour échapper à une horde de filles imaginaires. A cette époque, j'avais une peur bleue du sexe opposé. Sauf Jenny. Avec elle c'était différent. A peine eus je pénétré dans la crypte que les cubes colorèrent l'endroit d'une très belle teinte jaune d'or. Je fus très intrigué par cette nouvelle couleur. Habituellement, la crypte était rouge, parfois bleue, plus rarement, lorsqu'il n'y avait que maman ou papa avec moi.

Fort heureusement, les grands hommes noirs étaient absents ce jour-là. La petite voix m'avait mis en garde : *"personne ne doit apprendre ta liaison avec les cubes"*. Puis plus tard, elle insista encore : *"jamais"*.

Cette lumière avait quelque chose d'étrange. Elle avait été plus vive, impérieuse, bien supérieure à l'éclat bleu que je connaissais avec mes parents. Elle m'engourdissait au point que je fus incapable de bouger. Je ne sais pas combien de temps cela dura, j'avais voyagé dans l'éternel. Lorsque je remontai à la surface, il faisait nuit et mes parents étaient très inquiets. Je refusai obstinément de répondre à leurs questions et entrai en mode mutisme pendant plusieurs jours consécutifs.

Cette séance avait eu un drôle d'effet sur moi. Elle fut une charnière entre deux périodes de ma vie. Ma conscience s'était éveillée sur un autre monde. Je sus que je n'étais pas descendu dans la crypte par hasard mais qu'une force sibylline m'y avait forcé. La perception de mon existence changea brutalement : j'étais différent de mes parents, de Jenny, j'étais à l'aurore d'une aventure beaucoup trop longue pour un être humain.

J'ai maudit cette vie si particulière, ce secret que je devais protéger coûte que coûte. Je suis tellement las, tellement fatigué aujourd'hui, de tout ce flou douloureusement incompréhensible.

Chapitre 28

Imperturbablement, la terre continua sa rotation, son inclinaison à osciller sans broncher comme une toupie qui ne s'arrête jamais. Un jouet suspendu dans le vide, lié par une force invisible au soleil et dont les ombres en mesurent le temps. Les années se sont empilées sans le moindre petit hoquet ; comme les pages que l'on tourne lentement, d'une encyclopédie à l'insondable épaisseur. Mais toute chose s'altère petit à petit, pour retourner à l'état d'atome. Le livre de la vie lui, ne grossit finalement jamais.

Jonathan est aujourd'hui un bel homme de trente-deux ans. Curieusement, le temps ne semble pas avoir de prise sur lui. Il n'est pas pressé et passe la majeure partie de son temps dans la maison rouge de son père dont il a garni les murs d'une pléiade de livres de toutes sortes. Lorsqu'il n'est pas plongé dans l'un de ces bouquins, il se retrouve dehors et observe la vie pendant des heures entières. Deux passions qui ne le quitteront jamais.

Roland est âgée de soixante-dix ans, Lucie en

a soixante-cinq. Ils n'ont pas compté le nombre de mains serrées, de mains posées sur un bras, une épaule, durant ces trente-trois dernières années. Heureusement, car le compteur leur en aurait donné le vertige. Le flot des fidèles s'est tari progressivement. Bien qu'il arrive encore qu'un petit groupe vienne à leur rencontre, ils ne descendent plus aussi souvent dans la crypte. Leur travail est presque achevé. Grace à eux et à une poignée d'autres personnes disséminées de par le monde, les Terriens ont réussi leur mue.

La paix qui n'avait jamais vraiment cohabité avec les Hommes, est venue s'installer durablement sur la planète entière. Privé de leurs raisons d'être, les armes ont été recyclées ou attendent de l'être dans quelques hangars désaffectés. Certaines d'entre elles ont trouvé leur place dans des musées. Mémoire d'une époque peu glorieuse de l'humanité.

Le son du dernier coup de canon tonna dans le désert d'Arabie par une chaleur étouffante. Tiré par un groupe de fanatiques religieux, l'une de ces dernières organisations qui incarnait les dieux déchus venus des profondeurs poisseuses des champs de pétrole abandonnés. Ils avaient aperçu une colonne de blindés sans doute venue pour les déloger. Il ne s'agissait en fait que d'un mirage. Le canon explosa, faute d'entretien suffisant et tua quinze des leurs.

Les énormes budgets des Etats pour leurs armées, avaient été alloués à une rééducation globale. Il avait été urgent de stopper une démographie galopante due en partie à la disparition des conflits armées et à l'extraordinaire allongement de l'espérance de vie. Les terres émergées et les océans ne pouvaient pas subvenir aux besoins d'une population de quatorze milliards d'individus. On développa de nouveaux moyens contraceptifs et on éduqua tous les peuples à limiter le nombre des naissances. Le sexe et l'exhibition des corps qui avait été au 21ème siècle un symbole de liberté devint totalement suranné. On préféra l'imagination aux corps dénudés, la monogamie aux dérives échangistes d'avant.

Les oligarques et ploutocrates de tout poil tombèrent les uns après les autres, pour moitié par l'action des "élus", pour l'autre par l'effondrement des bourses mondiales. Certains se suicidèrent. Le mercredi 4 mars 2035 fut marqué par une terrible implosion de toutes les places financières du globe. Une chute vertigineuse de plus de 85% mis à bas le dogme capitaliste. Le système bancaire se disloqua dans un fracas funeste et assez rapidement l'argent, les trusts, les cartels et autres nababs disparurent. Le libéralisme fut piétiné, hué, conspué pour que jamais plus, une telle absurdité ne se reproduise.

Pour combler l'immense vide, on inventa un nouveau ciment : un système d'entraide et de partage communautaire. Afin d'accompagner cette innovation sociétale, les Hommes eurent l'idée de mettre au point le plus gros calculateur jamais élaboré. "*Big bag*", c'est le nom qu'ils lui attribuèrent, avait la charge de planifier le temps de travail de tous. Un emploi du temps modeste mais nécessaire pour consolider l'esprit fraternel de cette nouvelle ère. L'homo "sapiens vitae" était né.

Chacun choisissait son futur métier en fonction de ses aptitudes et généralement par passion. Le plus souvent pour la philosophie, les arts ou la réparation de la planète. Cependant, un déséquilibre se créa rapidement. Il n'y eut bientôt plus personne pour exploiter les forêts (malgré l'explosion de la demande en bois de construction), pour cultiver les champs ou distribuer les ressources. On dut confier à Big bag, non sans frilosité, la responsabilité d'attribuer les rôles. Cela se faisait au plus proche des souhaits du candidat mais parfois dans la douleur. C'était le revers de la médaille.

Chacun répartissait ensuite son emploi du temps comme bon lui semblait sur toute la période de sa vie. Généralement, on ne commençait pas à s'impliquer réellement avant l'âge de 40 ans. Cette très longue période d'apprentissage était nécessaire pour évoluer sereinement, étudier et trouver sa place dans cette nouvelle société.

A cette époque, Yo n'avait que vingt ans. Ce n'était qu'un enfant mais il savait déjà qu'il deviendrait l'un des premiers archéo-historien. La science avait fait un bond en avant fantastique. C'était une science fondamentale, bien plus créatrice de grandes idées qu'elle ne l'avait été du milieu du 20ème au 21ème siècle. A cette époque-là, elle était appliquée, confinée et ligotée dans sa gangue du profit et avait pour objectif d'améliorer ce qui existait déjà ou de produire de nouveaux besoins afin de faire tourner un

261

système aujourd'hui disparu. Nous étions à l'orée d'une prodigieuse invention qui permettrait bientôt de voyager dans le passé. Yo savait qu'il formerait la première vague. Plus tard, une déferlante d'archéologues inonderait l'histoire.

Le virage écologique avait été un des points cruciaux dans le changement de l'attitude des Hommes. La terre était à l'agonie et il s'en fallut de peu pour qu'elle ne devienne un immense charnier. Les catastrophes climatiques étaient certes indéniablement spectaculaires et meurtrières, mais elles ne menaçaient pas directement la vie de la plupart des espèces. A contrario, la disparition progressive des insectes pollinisateurs due aux pesticides et aux températures de plus en plus anormales faillit provoquer la plus grande extinction de tous les temps. L'espèce humaine en aurait été l'une des premières victimes. Les bouleversements s'emballaient et devenaient bien trop rapides pour que le vivant puisse s'adapter. Il fallut sauver les abeilles de toute urgence, l'un des premiers acteurs de l'extraordinaire interconnexion des espèces. Un grand nombre d'espèces angiospermes était menacée. La famine était aux portes du monde.

Les océans qui régulaient la teneur en carbone de l'atmosphère n'en pouvaient plus. Ils s'acidifiaient, devenant un poison mortel pour le phytoplancton, véritable pilier de tous les habitants de la planète. On abandonna rapidement l'utilisation de toutes les formes d'énergie fossiles, ce qui ne manqua pas d'induire de profonds changements étatiques. Des vagues migratoires de grandes ampleurs eurent raison des Etats. On abolit les frontières et l'idée d'Etats souverains. Il ne restait qu'une notion de frontière culturelle, bien enracinée mais bienveillante envers les autres.

5^{éme} partie

Chapitre 29

Le journaliste Robert Fall s'était battu toute sa vie pour démystifier l'aura suspect de Lucie et de Roland. Ses articles devenaient de plus en plus obsolètes à mesure que la société changeait. Au point que son employeur rechignait à les publier.

- Robert, la société change, tu ne peux pas continuer ainsi.
- Le monde part à vau-l'eau et personne ne s'en soucie.
- Non Robert, nous allons vers un monde meilleur, plus respectueux. Tu es un dinosaure ici. Laisse-moi au moins une chance de ne pas te renvoyer.
- Jamais ! Je suis journaliste, je cherche la vérité. Un jour vous regretterez de ne pas m'avoir écouté.
- Robert…

Il claqua la porte et ne revint jamais.

Robert était un de ces êtres dont les idées ne changeaient pas. Envers et contre tout, il suivait une ligne droite parfaite, sans un écart. Il renonça à se présenter dans d'autres journaux et commença à travailler seul. Il créa un petit groupe d'activistes dans la lutte des dérives sectaires. Le groupe se radicalisa et se lança dans une série d'actions plus ou moins discutables. Toutes les formes de prosélytisme étaient dans leur viseur.

Fall mûrissait l'espoir d'attraper un jour le couple d'Hasting Creek mais sa popularité était telle qu'il lui fut difficile de les approcher. Il forma néanmoins une petite équipe qu'il envoya sur les lieux. Des dix membres de l'opération, aucun ne revint. Envolé, parti en fumée, pschitt....

Robert apprit plus tard de certains d'entre eux, qu'ils s'étaient complétement convertis à la mode du moment. Ils se vautraient dans une complaisance mielleuse et a l'altruisme décadent des hippies d'autrefois. Pour les autres, nulle part, il ne trouva leur trace. C'était désespérant.

265

Le journaliste resta en marge d'une profonde révolution. Il voyait le monde changer progressivement et comprenait de moins en moins ses congénères toujours plus nombreux, toujours plus heureux, remplis d'idéaux qu'on ne lui avait jamais enseignés. Il maintenait son cap. Les années passèrent, il quitta son organisation chancelante mais encore active, il était devenu vieux et aigri.

Avant de mourir, Robert Fall voulut savoir. Il avait raté sa vie, il pouvait peut-être réussir sa mort. Robert rejoignit les rangs des fidèles d'Hasting Creek.

Il côtoya des gens de toutes sortes pendant plusieurs semaines. Jamais il ne dit un mot, jamais il ne sourit. Sur son visage, se lisait le dégoût et l'ordre militaire. Ses yeux reflétaient des bataillons d'hommes en uniformes, des médailles d'honneurs et la fierté. C'était un ovni venu d'une autre galaxie, inadapté.

Et puis se fut son tour.

Il trembla, hésita, recula puis se jeta dans la gueule du loup et serra la main tendue de Roland. Un bonheur le submergea instantanément. Des larmes coulèrent sur ses joues, il tituba et tomba à genoux.

- C'est donc cela que j'ai refusé toute ma vie ? prononça-t-il d'une voix inaudible.

Malgré l'étourdissante révélation de ce qu'il avait toujours refusé d'admettre, il sourit pour la première fois depuis bien longtemps et s'écroula dans un dernier souffle.

Roland fut choqué par ce qui venait de se passer. C'était la première fois de sa vie que quelqu'un mourrait par sa faute. Il en eut l'intime conviction pendant de longs mois, malgré le travail d'abnégation de Lucie.

Chapitre 30

La théorie la plus communément admise était celle d'une intervention divine, c'est-à-dire extraterrestre. Une autre thèse s'appuyait sur l'ingérence de Terriens venus du futur et dont la science avait atteint un niveau sans commune mesure avec celle d'aujourd'hui. Cette explication était toutefois très contestée. Il était en effet mathématiquement impossible de modifier le passé sans bouleverser le présent. Autrement dit, la moindre altération du passé engendrait tellement de distorsions, que l'idée même, née dans le futur, devenait aussitôt obsolète. Des changements mineurs, infimes, pouvaient peut-être s'entrevoir. Mais les cubes, eux, avaient engendré la plus grande interversion de tous les temps.

Par lassitude, tous les sages finirent par abdiquer et acceptèrent l'idée du mystère non résolu comme la meilleure démarche philosophique. Les débats s'espacèrent et la plupart des archéo rentrèrent chez eux. Mais le dôme abritait encore une poignée d'irréductibles qui ne pouvaient se résoudre à admettre l'évidence : personne ne percera jamais le secret des énigmatiques cubes. Ils étaient adeptes de la théorie extraterrestre et voulaient entrer en contact avec ces divinités. Ils voulaient connaître la vérité.

Pour cela, il fallait intervenir dans le passé sans rien modifier. Un plan fut élaboré dans le plus grand des secrets entre quatre membres seulement. Le cercle des conspirateurs devait être le plus petit possible afin de limiter les dégâts au maximum si l'opération échouait. Les conséquences de leurs actes, totalement inconnues, pouvaient se révéler catastrophiques. L'idée était simple : déplacer Roland et Lucie dans leur siècle, juste un peu avant leur mort. Elle se révéla d'une complexité incroyable.

Tout d'abord, puisque l'opération se déroulerait dans un passé antérieur à l'exhumation des cubes, Yo ne devait en aucun cas être mis au courant. Il devait rester le découvreur des cubes, vierges de toutes altérations. C'était à lui, qu'incombait la tâche de ramener les objets dans leur siècle et à lui d'alerter les différentes corporations. Ainsi, l'histoire serait très exactement la même que ce qui s'était passé et l'effervescence sous le dôme se mettrait en place d'elle-même.

Ensuite, il fallait veiller à ce qu'aucun membre de l'ordre des archéo ne soit le témoin de la supercherie et ne revienne inopinément au moment de la mort du couple. Fort heureusement, les voyages s'estompaient. De plus, Yo et Ko avaient déjà observé la scène. Ils n'avaient donc aucune raison d'y retourner. Les quatre membres imaginèrent tout de même par acquis de conscience, le trucage de leurs combinaisons, pour qu'elles ne puissent plus jamais les transporter sur le lieu du décès des deux amants.

Il fut convenu, qu'avant la mort clinique de Roland et de Lucie, les corps soient le plus rapidement possible cryogénisés et transportés dans un endroit tenu secret. Il fallait faire très vite, car leur mort avait été violente, presque instantanée.

Dans le 21ème siècle, les corps seraient remplacés par d'autres cadavres qui d'ores et déjà étaient prêts. Ils avaient subi une longue et minutieuse opération chirurgicale. Les deux sosies seraient ainsi, espérait-on, confondus et inhumés sans le moindre soupçon. Roland et Lucie, seraient soignés de leurs blessures puis réveillés. La phase expérimentale pourrait alors commencer.

Troisièmement il fallait résoudre l'épineuse question de la visite initiale du binôme Yo et Ko. Il était hors de question d'intervenir sur leur action passée. Mais comment intervertir les corps sans se montrer, en présence du binôme ? La solution fut trouvée par l'injection d'un sérum permettant aux blessés de survivre plusieurs dizaines de minutes après l'accident. Deux seringues seraient placées exactement aux endroits où les corps tomberaient. Ainsi, ils auraient suffisamment de marge pour attendre le départ des deux archéologues et sauver le couple.

La cabale était extraordinairement complexe et dangereuse. Les quatre savants planchèrent pendant plusieurs années. Ils durent par exemple, trouver un moyen de se saisir des corps, une chose qui était jusqu'à lors impossible à faire.

Chapitre 31

Lorsque je me suis marié à l'âge de trente-cinq ans, je ne savais pas encore que je vieillissais très lentement. Pas davantage d'ailleurs lorsque nous eûmes nos deux enfants. Si je l'avais su, il est probable que j'aurais refusé la main de Jenny et surtout j'aurais tout fait pour ne pas engendrer la vie. Ce fut cependant les plus belles années de mon existence. Maigre récompense, eu égard à ce qui m'attendait.

Nous vivions paisiblement dans la maison rouge de mon père. Nous lisions beaucoup tous les quatre. Cette forte propension à dévorer les livres, eut des effets bénéfiques sur la dyslexie de Jenny.

Par beau temps, il me plaisait d'aller voguer sur la mer. Je faisais le tour de l'île et partais parfois plus au large jusque sur le continent. J'aimais me retrouver seul au milieu de nulle part.

La petite voix m'avait quitté depuis plusieurs années. Elle s'était endormie au plus profond de moi-même mais je savais qu'elle pouvait resurgir à tout moment et c'est ce qu'elle fit, un jour où je m'étais laissé surprendre par une tempête. Elle m'avait guidé jusqu'au port comme l'aurait fait le pinceau de lumière d'un phare dans la nuit, m'intimant l'ordre de ne pas mourir. Je me suis souvent demandé si mes parents avaient, eux aussi, un ange gardien, tapis au fond de leur conscience. En tout cas, s'ils en avaient eu un, ils n'avaient rien pu faire le jour de leur mort, le 4 août 2064.

Jenny était venue à ma rencontre, la mine défaite. J'étais parti dans la montagne pour observer quelques-uns de mes spots botaniques. Elle pleurait.

- Jenny ! que se passe-t-il ? le cœur soudain serré. Je pensais aux enfants.
- Tes parents viennent d'avoir un accident.
- C'est grave ?
- ….
- Jenny ?
- Ils sont morts tous les deux.

Je blêmis, incapable de parler. Je regardais l'océan soudainement en proie à une immense solitude. Il semblait factice, fait d'une feuille de papier bleu argenté. Toute chose n'était plus qu'un décor de carton-pâte. Des larmes perlèrent sur mes joues.

273

\- Ils ont été tués par balles

Par ... balles ?? m'interrogeais-je intérieurement.

Ce moment de solitude dura une éternité, jusqu'au moment où Jenny m'enlaça très fort. Alors, le bruit du ressac emplit mes tympans, la feuille de papier bleu argent se mit à danser et à écumer des franges de coton blanc, les feuilles à bruisser sous le vent, le cœur de ma femme à battre régulièrement.

L'enterrement eut lieu cinq jours après dans le petit cimetière de l'île. J'avais tenu à déposer une offrande à mes parents. Il me semblait important qu'ils puissent reposer ensemble. Je fis donc un aller-retour express à Hasting Creek et ramenai les deux objets.

Juste avant la fermeture des deux cercueils, je demandais avec insistance à être seul. Je voulais préserver le secret de mes parents mais les événements ne se passèrent pas tout à fait comme prévu. Je ne fus jamais vraiment seul. Deux grands hommes en noir et la petite voix plus virulente que jamais, s'invitèrent sans mon approbation.

Une colère indicible était montée en moi. J'avais voulu hurler toute ma tristesse, chasser les intrus de cet endroit solennel, de mon esprit, leur crier "non ! pas ici !", mais aucun son ne sortit de ma bouche.

La petite voix, déjà présente à Hasting m'avait empêché de m'emparer des cubes dans la crypte. Elle avait criée, s'était époumonée pour me dissuader de commettre une erreur. Elle avait échoué et j'étais revenu avec les objets. Et voilà, qu'elle revenait au galop, elle tambourinait ma conscience, mes sentiments, m'enjoignait à ramener les cubes au cœur de la caverne.

Les grands Hommes noirs me regardaient, tout à fait stoïquement. Je tombai à genoux et enserrai mon crane de mes mains... Que pouvais-je faire ? S'ils étaient le fruit de mon imagination, je ne pouvais m'en prendre qu'à moi-même. S'ils existaient vraiment, ils profanaient un moment d'intense communion, mais la petite voix avait toujours été formelle sur ce sujet. Jusqu'à présent, je la croyais de bon augure. Ne m'avait-elle pas sauvé la vie plusieurs fois ? Quant au secret de mes parents, je m'en fichais bien. Les hommes en noirs connaissaient l'existence

275

des cubes de toute façon, l'offrande ne changeait rien pour eux.

Je me ressaisis au bout de quelques minutes, me relevai et m'approchai des corps. La petite voix semblait avoir abandonné la partie.

Je fus de nouveau troublé par une impression qui déjà la veille m'avait assailli. Etait-ce bien mes parents qui étaient devant moi, allongés dans leurs bières ? Il y avait quelque chose d'étranger dans leurs visages. Etait-ce la disparition de la vie qui transformait à ce point leurs expressions ? Je n'avais pas eu cette sensation saugrenue, ni pour l'inhumation de Jean, ni pour celle de Diana ou des autres. Le plus bouleversant était sans doute le fait que je n'arrivais pas à communiquer avec papa et maman. Habituellement, il me semblait entendre la voix du défunt dans ma conscience. Un échange tenu, léger. Mais ici, rien. Rien d'autre qu'un mur de silence. Décidément, devenais-je réellement fou à lier ?

Je déposai précautionneusement les cubes dans chacun des cercueils, ajustai les couvercles avec une infinie lenteur, comme si je voulais retarder le moment de plonger mes parents dans le noir éternel et les fixai définitivement.

L'enterrement avait eu lieu en présence des habitants de l'île. Nous n'avions pas voulu, ma femme et mes enfants que toute l'Amérique vienne pleurer et troubler cet instant solennel. Du continent, seul l'inspecteur de police Grady Mc Lee était venu rendre un dernier hommage à mes parents.

Lorsque tout fut terminé, j'invitai l'inspecteur à venir passer quelques jours chez nous. Sur le trajet, il me raconta l'accident en détail.

- Tes parents sont morts sur le coup. Je ne pense pas qu'ils aient souffert, commença-t-il par dire.

- Penses-tu que l'un ou l'autre se soit rendu compte qu'ils mourraient ? Ils étaient tellement amoureux.

- Je n'ai pas la certitude de prétendre qu'aucun d'entre eux ne se soit aperçu que l'autre mourrait mais… Ils étaient partis se promener dans les bois, un endroit très isolé. Il n'y a pas de témoins. Lorsque je suis arrivé sur le lieu du crime, heureusement, les corps n'avaient pas été déplacés. Une chance. Vois-tu, les jeunes qui me remplacent aujourd'hui n'ont jamais travaillé sur ce genre d'enquête. Ils ne savent pas comment procéder. Alors ils ont appelé le vieux Mc Lee. J'ai repris du service, je suis arrivé aussi vite que possible…

- … ?

- … où en étais-je… j'ai perdu le fil de ma pensée. Hum… lorsque je suis arrivé, j'ai tout de suite remarqué que les corps étaient éparpillés. Je veux dire qu'ils ne se touchaient pas, leurs visages n'étaient pas tournés l'un vers l'autre. C'est cela qui me donne à penser que tes parents sont morts sur le coup. Ils n'ont pas eu le temps de s'inquiéter l'un pour l'autre.

- Je comprends. Merci Grady, c'est apaisant de savoir cela. Mais, par balle, pourquoi ? Moi qui pensais que toutes les armes à feu avaient disparu.

- Presque toute. Tu vois, il existe encore quelques marginaux qui continuent à cultiver l'esprit d'avant. Les gens qui ont tué Roland et Lucie sont sans doute les dernières scories d'un monde où la violence était omniprésente. Tu n'as connu que la fin de cette sale humanité. C'est par nostalgie qu'ils ont voulu détruire le symbole de sa chute…

Beaucoup plus tard, je conclurai, que le revolver utilisé pour projeter prématurément mes parents dans les bras de la Faucheuse, serait le dernier utilisé par des Hommes. On n'entendit plus jamais la détonation d'une arme à feu.

Sur le quai, avant de prendre son bateau pour le continent, l'inspecteur me demanda s'il pouvait venir terminer ses vieux jours ici.

- Bien sûr Grady, j'en serais très heureux.
- Merci Jonathan. Tu vois, j'ai peur de la mort. Lorsque je te regarde, j'ai l'impression que tu n'as pas encore vingt ans. L'air ici doit être excellent alors si je peux retarder un peu l'inéluctable…

Je souris, pensif. Peut-être était-ce cela…

Chapitre 32

L'atmosphère était un peu soufrée, très carbonique, dépourvue du parfum des fleurs, excessivement chaude et l'oxygène très tenue. Ici, la vie était entre parenthèse, en équilibre précaire. Le silence quasiment total. De temps à autre, Yo entendait au loin, le vagissement d'un tricératops et plus loin encore, le grondement sourd des volcans. Il quitta la vallée verdoyante pour gravir le flan escarpé et sec d'une colline. Il se hissa à son sommet avec difficulté et découvrit un panorama de 360°. Il s'assit sur un rocher, très essoufflé et exténué mais son effort en valait la peine. La baie s'offrait à sa vue avec majesté.

Pour son dernier voyage, Yo avait décidé d'aller le plus loin possible dans le passé. Bien avant l'apparition des hominidés. Il lui aurait été difficile de s'enfoncer plus profondément à cause de la qualité de l'air. Et puis de toute façon, -67 millions d'années c'était déjà pas mal et surtout, il avait trouvé dans cette époque de la fin du Crétacé, un bon moyen d'en finir.

Du sommet de son promontoire, Yo observa pendant plusieurs jours, la vie éclore du fond des océans, sur terre et dans les airs. Enfin, c'était une vue de l'esprit parce que finalement, il n'y avait pas beaucoup d'activité. Le vent lui-même, n'existait pas encore. Tout était lent, presque figé. Il aurait pu attendre plusieurs millions d'années sans voir la moindre évolution de la vie.

Yo fut toutefois réveillé en pleine nuit, alors qu'il dormait profondément, par un effroyable grincement venu du fond de l'horizon. La croute terrestre s'était déchirée et glissait sur une mer de magma. Les morceaux de la Pangée continuaient à se disperser.

En contrebas, serpentait le long du fleuve venu des hauteurs de cimes arides, un ruban vert de fougères géantes et de conifères, jusqu'au golfe du Mexique. Un matin, Yo imagina qu'à ses pieds, l'un de ces splendides voiliers de son temps, était venu mouiller dans la baie. L'effet serait fantastiquement anachronique. Cette image le propulsa à travers l'histoire de l'humanité, depuis les civilisations pré-Incas et les dynasties égyptiennes, en passant par les

281

guerres de religions, jusqu'à la découverte de sa maladie incurable.

Son seul regret était de quitter cette Terre sans avoir eu d'enfant à qui il aurait pu transmettre son métier. Il avait dit adieu à ses amis et le grand ordinateur lui avait donné la permission de son voyage sous certaines conditions.

L'homme en noir songea à un vieux film du 20ème siècle, *"2001 l'odyssée de l'espace"*, qu'il avait aimé revoir plusieurs fois sans se lasser. Il imagina le monolithe noir se poser majestueusement devant lui. Sentinelle intemporelle, donnant un petit coup de pouce à la naissance de l'humanité. Il aurait aimé qu'une telle chose puisse arriver à cet instant précis.

L'ombre immensément grande d'un ptérosaure glissa sur le sol, roula sur la pente et s'évanouit à l'orient. Il restait encore trois jours à Yo avant de mourir. C'était largement suffisant mais il préféra prendre un peu d'avance. Il se redressa et suivit la ligne de crête de la péninsule du Yucatan. Il n'avait pas peur, pas encore et se réjouit d'aller au hasard, conscient d'un sentiment de totale liberté.

Au sixième jour, les phénomènes naturels s'accélérèrent. La croute terrestre grondait, le ciel se teinta de rouge et des petites boules de feu annonciatrices, en zébraient le lavis. Il était temps.

Yo choisit le lieu de sa sépulture avec soin, dégrafa lentement sa combinaison et se retrouva entièrement nu. Son corps de cent-cinquante-quatre années d'existence était flasque, avachi, sa peau grise aussi ridée que la chaine Himalayenne. Il vida les poches de son vêtement, en retira les dernières provisions ainsi qu'un étrange briquet, puis le roula et y mit le feu. C'était superflu mais il préférait ne prendre aucun risque à polluer le futur. Il venait de se condamner à ne plus jamais revenir chez lui.

Yo s'assit en lotus et attendit calmement que le météore s'écrase et anéantisse presque toute la vie sur Terre. Il n'était pas au centre de l'impact mais il n'avait aucun doute là-dessus, rien, pas même ses os ne subsisteraient.

Il renaitrait de ses cendres 67 millions d'années plus tard.

Chapitre 33

Tandis que ma femme mourrait à l'âge de 81ans, moi je n'en finissais pas d'avoir 20 ans. Pour expliquer cette étrange anomalie, j'avais évoqué une étrange maladie de peau contracté lors de ma naissance prématurée. Un mal orphelin qui permettait à mon épiderme de garder son élasticité mais pas à mes organes. Ils subissaient les outrages du temps. Pour donner plus de réalité à cette invraisemblable jeunesse, j'avais singé, durant toute leurs vies, douleurs, fatigue et maux de toutes sortes.

Au décès de Jenny, je n'eus plus le courage de feindre. Aussi, pour ne pas éveiller les soupçons et ne plus souffrir de la disparition des personnes que j'aimais, je me reclus dans la maison rouge. Ne voyant presque plus personne, pas même mes enfants, je devins taciturne et terriblement barbu. Barbe, moustache proéminente, cheveux longs et hirsutes me vieillissaient et me rassuraient quelque peu. Puis, ne voulant pas vivre l'inéluctable inhumation de mes enfants et de mes petits-enfants, je décidai de disparaître. De toute façon, pour eux tous, j'étais devenu un être inaccessible, malade et indifférent. Je n'avais rien trouvé de mieux à faire.

Je m'étais levé à huit heure sans avoir très bien dormi. Je pris une douche, me coupai les cheveux et me rasai de près. Devant la glace, le reflet de mon visage juvénile bondit sur moi et me remplit d'effroi. Je m'étais accoutumé au port de mon système pileux exubérant. Le rasoir à la main, j'eus un instant l'envie de lacérer cette gueule anormale, de défigurer ou d'abimer cette image d'ange maudit. Au lieu de cela, je pris un lourd flacon de verre et le projetai sur le miroir qui se brisa avec fracas. J'avais le cœur serré de quitter cette maison qui m'avait abrité si longtemps.

Je rassemblais quelques affaires et prit le temps de hanter ces lieux une dernière fois. Dans toutes les pièces, un millier de petits détails surgissaient du passé. Le coin élimé de la table, le carreau de faïence cassé au-dessus de l'évier de la cuisine, les coquillages de mon père sur l'étagère du salon, la guitare patinée de Jenny suspendue au mur de notre chambre… Des larmes ruisselaient sur mes

285

joues, brouillaient ma vue. Mon chagrin était intense. Je maudis les cubes, ce jour funeste où j'étais descendu seul dans la crypte d'or. M'avaient-ils jeté un sort ? Seul le diable pouvait concevoir une vie aussi inhumaine que la mienne.

Je fermai à clé la porte d'entrée de la maison. Désormais le silence sera son linceul. Bientôt, une fine poussière recouvrira les souvenirs, le rouge de sa peau pâlira et ses pétales se détacheront.

Je montai sur le petit bateau, gonflai les voiles et mis le cap sur l'Europe. Ce voyage était un suicide. Je souhaitai qu'une tempête m'emporta au fond. Mais la petite voix ne l'entendit pas de la même façon. Elle profita de ma faiblesse pour me guider. J'accostai 3 mois plus tard, dans un petit port d'Italie, maigre, hagard, barbu et chevelu. Je venais de rater mon premier suicide.

Je voyageai à travers le monde durant plus de quatre-cent longues années. Je prenais soin de ne m'attacher à personne pour ne pas survivre à son trépas.

Malgré ma solitude et mon destin d'errance, il m'arrivait parfois d'être heureux et même de rire de ce que j'étais. Le jour où je découvris mon premier cheveu blanc, je hurlai de bonheur. Je vieillissais, lentement certes, mais indéniablement.

Je fis quelques expériences amusantes : sauter dans le vide, sans parachute bien entendu, du haut d'un de ces dirigeables modernes que les Hommes avaient mis au point, me projeter sur un train à sustentation filant à une vitesse prodigieuse, marcher sur la lave incandescente d'un volcan. Chaque fois, une série d'évènements me sauvait d'une mort certaine. J'étais invincible.

Je compris progressivement que j'avais une mission à accomplir. Mon extraordinaire longévité n'était bien sûr pas le fruit du hasard. Mais que devais-je faire ? J'avais été planifié dans un plan scabreux et obscur.

Chapitre 34

La pièce était borgne et entièrement carrelée du sol au plafond d'une faïence blanche insipide. C'était une salle chirurgicale, aseptisée, entièrement équipée d'appareils médicaux étranges que Lucie, pourtant habituée aux blocs-opératoires, ne comprenait pas. Elle était allongée sur le dos, sur une table d'examen étonnamment confortable qui lui donnait presque la sensation d'être en lévitation, comme si son corps ne pesait rien. Elle n'avait aucune douleur et respirait calmement.

Lucie essaya de se redresser mais des sangles la maintenaient fermement à l'horizontale. Elle pouvait néanmoins tourner la tête. Sur sa droite, elle reconnut Roland. Il était allongé et sanglé comme elle. Lucie l'appela en chuchotant d'abord, puis un peu plus fort mais il ne réagissait pas. Il devait sans doute dormir car la blouse blanche qu'il portait, se soulevait au rythme de sa respiration. Son visage était beau, presque jeune. Sur sa droite, était posé sur une petite table, au même niveau que son visage, un petit cube tout noir. Que faisait donc son cube ici ? Que s'était-il passé ? Lucie ne se souvenait de rien.

Lorsque Roland ouvrit les yeux, il aperçut tout d'abord une salle toute blanche puis les sangles qui le maintenaient couché. En tournant la tête, il vit son cube, posé pas très loin et de l'autre côté sa femme allongée elle aussi, approximativement à un mètre. La peau de son visage, aussi lisse et fraîche que si elle avait vingt-cinq ans était à couper le souffle. Il l'appela mais n'obtint aucune réponse. Il essaya alors de tendre le bras mais celui-ci était attaché. Alors Roland resta un long moment à regarder sa femme et finit par se rendormir. Le silence était total.

Lorsqu'il se réveilla de nouveau, le bleu des yeux de Lucie emplit son champ de vision. Un océan de bonheur le submergea. Elle souriait.

-       Bonjour mon chéri, lui dit-elle.

-       Lucie…

Elle se mit à rire.

-       J'adore quand tu prononces mon prénom de cette façon ! Tu ne veux pas le refaire encore une fois ?

Roland cligna des yeux.

- Qu'est-ce que tu es belle !

- Tu n'es pas mal non plus tu sais ! Tu sembles avoir quarante ans. Je crois qu'ils nous ont rajeuni.

- Ils ? Où sommes-nous ?

- Je n'en ai pas la moindre idée.

- Je ne comprends rien, il y a un instant nous étions dans la forêt.

- Dans une forêt ? dit Lucie réellement étonnée.

- Oui, tu ne t'en souviens pas ? Nous nous promenions et j'ai entendu une détonation suivie d'une autre toute proche. Et puis j'ai ressenti aussitôt une vive douleur à la poitrine et puis plus rien.

- Vraiment ? Je n'en ai aucun souvenir. C'est très étrange.

- Oui... Le plus inquiétant, c'est la présence de nos lucioles. Que font elles ici ?

- Il s'est passé quelque chose d'important.

- As-tu entendu ? coupa Roland précipitamment.

- Quoi ? chuchota Lucie

- ...des bruits, derrière nous.

Lucie entendit les pas feutrés de quelqu'un qui approchait. Elle ne pouvait rien voir. Soudain un homme parla par derrière.

- Bonjour Lucie, bonjour Roland. Ne vous inquiétez pas, vous êtes ici pour être soignés. Je m'appelle Lo Tou Do.

Un homme très grand apparut dans leur champ de vision. Il portait une curieuse tunique de couleur fuchsia.

Chapitre 35

C'est tombé du ciel, comme ça, sans prévenir. La science venait de découvrir un moyen de voyager dans le temps. J'en fus un moment plutôt dubitatif puis admiratif. J'entrevis toutes les perspectives que cela pouvait me procurer. Mais pour se déplacer dans le passé, il fallait revêtir une combinaison spéciale que je ne possédais pas. Seuls les archéo-historiens ayant suivi une longue formation pouvaient prétendre en obtenir. Elles étaient nominatives et par conséquent ne pouvaient fonctionner qu'avec son propriétaire. Et pour couronner le tout, je n'existais pas dans la mémoire du grand-ordinateur. Je n'étais personne. Si je faisais une recherche, l'écran affichait ceci :

"Jonathan née le 6 septembre 2021 à Chicago – Illinois – Anciennement USA.

Père : Roland Stingfall – Mère : Lucie Berninger

Disparu en mer – date inconnue – Aujourd'hui décédé – date inconnue"

A priori, la situation semblait désespérée mais c'était sans compter sur les nombreuses compétences que j'avais acquises dans mes lectures au fil des siècles. Je n'étais expert en rien mais j'avais de solides connaissances en tout.

La première étape avait été de m'approcher au plus près du système informatique puis, d'enregistrer dans la béante cervelle de l'ordinateur, ma nouvelle identité. Je mis six mois pour y parvenir. Désormais on pouvait lire sur l'écran :

"Zo Na Tan, né sur la planète Terre, le 2 août 2533 – continent Africain.

Père et mère : inconnus

Archéo-historien – Formation complète – Etat psychique excellent

Mention spéciale : voyage illimité"

Le lendemain, j'obtenais ma combinaison. Mais mon exaltation fut mise à mal devant la complexité du vêtement. Celui-ci demandait un protocole très codifié qui devait forcément passer par Big-Bag. Il devait nous fournir non seulement les coordonnées spatio-temporelles mais aussi l'autorisation de partir, un peu comme le faisait la tour de contrôle d'un aérodrome. Les choses avaient été pensées pour éviter tout accident. Je suivis donc une formation accélérée en toute discrétion.

J'effectuais mon premier saut l'année suivante. Big-bag m'avait donné des coordonnées et le feu vert du départ. Ce n'était qu'un bond de puce, d'une dizaine d'années seulement. J'étais devenu un Homme du futur qui observait le passé, une de ces énormes araignées noires qui m'avait hanté dans ma petite enfance.

Il était remarquable d'observer sans être vu. Mon invisibilité me procura une intense jouissance, une sorte d'amalgame entre un sentiment de liberté et une force puissante, incroyablement addictive. Après cette expérience, je compris, la probité et le parfait équilibre que devait posséder les candidats. L'examen annuel et le contrôle des coordonnées par le grand ordinateur ne me paraissaient plus une contrainte mais une nécessité face au pouvoir incommensurable que l'on nous confiait. Pour rien au monde, je n'aurais outrepassé le règlement.

Je gagnai en maturité et m'aventurai de plus en plus loin, sans toutefois encore oser me confronter à mon propre passé. Il y avait quelque chose de l'ordre de l'intouchable à vouloir revenir sur mes propres pas. J'hésitais. Puis un jour, mon audace me conduisit sur l'île que je n'avais pas revue depuis quatre-cent ans. Un saut d'environ deux-cent années, me projeta sur des rivages que je ne reconnaissais pas. La végétation avait envahi toute la pointe sud de cette terre émergée. Les chemins n'existaient plus qu'en souvenirs. La maison rouge s'était échouée sur la pente boisée de la montagne et s'était disloquée.

Ce fut un véritable crève-cœur de voir cette ruine. Alors, j'ai voulu la faire revivre et je suis revenu plus loin encore dans le passé.

Mon père n'était qu'un enfant. Je fus très surpris de voir la ressemblance qu'il avait avec moi, pas tellement physiquement mais plutôt dans sa façon d'être. Il cueillait des coquillages sur le sable blond, gambadait sur la lisière des vagues qui repartaient en grésillant. Je souris tendrement.

La maison, fièrement battit, venait de subir

quelques dégâts. Mon grand-père était juché sur son toit et en réparait quelques tuiles, brisées par une tempête. Au bord du chemin, une palette de peinture rouge attendait de laquer le bois brut de la maison. Mon grand-père avait décrété qu'elle devait rougir de ne pas avoir su se protéger des vents. Ma grand-mère quant à elle, tricotait une paire de chaussettes. Ses gestes étaient précis et rapides. Elle travaillait sans même regarder ce qu'elle faisait.

Je n'avais jamais connu mes grands-parents. A les regarder ainsi, j'apprenais de moi-même et pour la première fois depuis des lustres, j'eus le sentiment d'être entouré de mes proches. Hormis le fait qu'ils ne pouvaient ni m'entendre ni me voir, avec eux, je me sentis bien. Je n'étais plus un loup solitaire. J'ai continué à tourner les pages du grand livre de mon histoire. J'ai revu ma mère, mes enfants et même mon petit-fils que je n'avais jamais rencontré. J'ai pêché avec mon père, j'ai ri avec Jenny. Je passais mes journées entières à voyager.

Ma première rencontre avec Yo T Luss, arriva en mars 2016 dans un supermarché de Chicago.

J'avais déjà expérimenté l'interaction avec d'autres voyageurs. En théorie nous étions visibles entre nous, sauf que, pour une raison que j'ignorais, j'étais le seul à ne pas l'être. Une particularité qui me conférait un statut unique. Je pouvais épier les observateurs en toute impunité.

J'aperçus ma mère qui surveillait discrètement mon père dont le volume augmentait au fur et à mesure de ses larcins. Il ne semblait pas pouvoir s'arrêter. Son état sanitaire et sa condition misérable me faisaient de la peine. J'aurais voulu lui venir en aide mais ça, ce n'était vraiment pas possible. Lucie s'amusait, elle trouvait tout cela très drôle. Quoique avortée, ce fut leur toute première rencontre.

Je revis M. Luss à plusieurs reprises. Dans ma chambre d'enfant d'abord, le jour où petit, je vis pour la première fois l'homme araignée mangeur d'étoiles. Je le soupçonnai de détecter ma présence. Une impression qui se confirma au cimetière, lorsqu'il profana la sépulture de mes parents. Il n'était pas très à l'aise et vérifia même les sentinelles qu'il avait placées.

Ce jour-là, je suivis avec intérêt le vol des lucioles. Yo les emporta avec lui. Sous le dôme, elles allaient bientôt troubler la sérénité des Hommes et pis encore. Elles conduiraient un petit groupe d'archéologues à commettre l'inimaginable : subtiliser le corps de mes parents. C'était contraire à toute l'éthique de la profession. Ma mission commençait à prendre du sens. Je devais empêcher qu'une telle chose ne se produise.

Ainsi, mes parents étaient vivants, cachés quelque part à des années lumières de leur siècle. Cette révélation m'anéantit. J'étais devant un choix cornélien épouvantable : maintenir le temps tel qu'il était sans rien modifier et laisser la vie à mes parents. Peut-être même la possibilité de nous revoir physiquement. Ou bien, me conformer à ma fonction, qui elle, signifiait que j'allais tuer ma mère et mon père.

La petite voix endormie ressurgit à ce moment crucial et trancha. Cette fois elle avait été persuasive arguant que mes parents avaient suffisamment œuvré, que mon père avait souffert d'être un cobaye pour la science et que c'est ce qui allait arriver si je ne faisais rien. J'abdiquai.

J'avais quelques jours d'avance sur Yo. Je mis en place le système de sécurité d'usage et commençai à déplacer la lourde pierre tombale puis je descendis précautionneusement le long des parois de terre. Je trouvai au fond, les squelettes de papa et maman et ce que j'étais venu chercher. Je m'accroupis et détournai mon regard des crânes dentés. L'image était insupportable. Je caressai doucement quelques os et balbutiai quelques mots.

- Pardonnez-moi de vous soustraire à votre vie tout là-bas. Pardon… mais vous savez, ce qui vous attend ce n'est pas le paradis mais une cohorte de gens qui veulent découvrir la nature des cubes. Ce futur-là, ne doit pas exister. Jamais. Je suis venu réparer l'erreur que j'ai commise… adieu

Et puis je suis resté là. Je n'arrêtai plus de parler. Je voulais qu'ils sachent ma vie d'errance, le monde merveilleux qu'ils avaient construit. A la fin, je m'emparai des cubes, remontai à la surface et refermai la tombe. J'y déposai une poignée de coquillages et un bouquet de fleurs.

Ma mission était terminée.

Chapitre 36

J'étais revenu quelques jours plus tard pour épier Yo dans le cimetière.

Il avait inspecté une dizaine de tombeaux. Son butin était chétif. Il ne trouverait rien ici. Il décida néanmoins de fouiller une dernière tombe.

La sépulture était sommaire mais bien entretenue. Sur la dalle était posée une poignée de coquillages et un bouquet de fleurs sauvages. Un cas de figure qui demandait encore plus de méticulosité car la tombe supposait la visite régulière de quelques lointaines descendances. Le croque-mort augmenta d'un cran le degré de précision en prenant une nouvelle série de photographies et commença son job.

C'était idiot mais Yo n'était pas très à l'aise. Il s'arrêta soudain et se retourna. Une présence semblait l'observer. Inquiet, il vérifia les sentinelles, allant même jusqu'à en installer de nouvelles dans un large périmètre. Yo se ressaisit, aucun des détecteurs ne l'avait alerté, tout ceci n'était qu'une appréhension dénuée de fondement. Il était impossible et impensable d'ailleurs, que quelqu'un puisse le

301

surprendre. Il reprit son travail mais son malaise persista. Au fond de la fosse gisaient deux squelettes humains et les vestiges de deux cercueils. Aucune offrande n'avait été offerte aux défunts. Tant pis se dit-il, ce sera peut-être pour une autre fois.

Il remonta et remit tout en place avec exactitude en vérifiant son boulot à l'aide des photographies. Yo s'attarda encore un petit moment, baigné par la lumière blafarde de la lune. Tout était silencieux. La présence sembla s'éloigner progressivement et son trouble se dissipa totalement.

Son impression d'avoir été surveillé le laissa perplexe et il se dit qu'il valait peut-être mieux passer un examen psychologique.

Chapitre 37

Yo s'était déplacé par rapport aux coordonnées que Big-bag m'avait fournie. Quelle direction avait-il prit ? J'avais quelques jours devant moi. J'espérai que cela suffirait pour le retrouver à temps.

J'avais appris à apprécier cet homme accompli et sérieux. Sa passion pour l'archéologie me touchait. En ce sens, je pense qu'il n'avait pas profané la tombe de mes parents pour faire le mal. C'était son métier voilà tout. Je l'aimais bien, j'avais besoin d'un ami pour cette dernière chose que j'avais à faire et j'étais certain que nous le deviendrions.

Je pris de l'altitude afin d'avoir une vue globale de la région puis suivis la crête qui bordait la baie. Il me fallut deux jours pour retrouver sa trace.

Il était assis sur une grande pierre plate, entièrement nu et observait le ciel. Le spectacle était magnifique. Une nuée de petites météorites dessinait des arabesques dans un ciel lie-de-vin. Je m'approchai

303

et désactivai la génératrice de ma combinaison. J'apparus aussitôt dans son champ visuel. Le pauvre poussa un cri perçant et recula d'un bon mètre, terrifié.

- N'ai pas peur Yo, je ne te veux aucun mal.

- Mais…qui êtes-vous ? finit-il par dire après un moment de flottement.

- Je viens du 26ème siècle, tout comme toi.

- Je ne comprends pas. Il y a un instant vous n'étiez pas là. Que venez-vous faire ici ?

- M'entretenir avec toi et me reposer un peu aussi.

- C'est dangereux ici.

- Oui, je le sais. Puis-je m'assoir ? Cette atmosphère me fatigue.

Yo ne répondit pas. Je détachai mon sac à dos et en sortis deux cubes d'un noir extraordinaire que je posai sur la pierre, une bouteille d'eau et une petite boite qui contenait quelques fruits secs et un briquet. Je mangeai un peu et me désaltérai.

- Il fait chaud ici, lui dis-je en souriant.

- Qu'est-ce que c'est ? me répondit Yo en fixant intensément les deux objets cubiques.

- Hum… c'est une longue histoire et nous n'avons plus beaucoup de temps, dis-je en regardant le ciel. C'est dommage, j'aurais voulu te retrouver un peu plus tôt, j'aurais eu un peu plus de temps pour les détails. Te souviens-tu d'une présence, d'avoir eu le sentiment d'être observé, le jour où tu as jeté ton dévolu sur le petit cimetière de l'île aux fous ?

- Mais…. Qui donc êtes-vous à la fin ?

- J'étais là, je te surveillé.

- Totalement impossible. Mes sentinelles m'auraient averti.

- Tes sentinelles n'ont rien détecté parce que je suis invisible à toute chose même au grand archéologue que tu es. Ne me demande pas pourquoi, je n'en sais fichtrement rien. En réalité, tu aurais dû trouver ces deux cubes que tu vois ici, au fond du tombeau de mes parents.

- Ah, ah… vos parents ? décidément vous….

Alors, je lui racontai l'histoire telle qu'elle aurait dû être si je n'étais pas intervenu avant lui, les nombreux cubes disséminés partout sur le globe, la prodigieuse métamorphose de la société, le rôle de mes parents, mon étrange capacité à voir les voyageurs du futur et le projet insensé de quatre

305

savants pour déplacer les corps cryogénisés de Lucie et de Roland afin d'étudier les étranges cubes.

- Mais… vous avez plus de quatre-cent ans ! balbutia Yo, de plus en plus abasourdi.

- Quatre-cent-huit, pour être exact.

- ???… Et puis pourquoi les cubes n'ont-ils pas disparu comme les autres ?

- C'est une bonne question. Je suppose qu'il y a eu un dysfonctionnement. Par conséquent, "*ils*" ont élaboré un plan B. Je n'ai pas la moindre idée du moment où le bug s'est produit. Sans doute lorsque petit, avant que je ne descende dans la crypte. La lumière jaune…

C'est ici que j'interviens. Ils m'ont confié la tâche de détruire les cubes, ici même, par l'entremise du plus gros astéroïde que la planète n'ait jamais absorbé, infiniment plus puissante que toutes les anciennes armes atomiques réunies. La seule force capable de les faire disparaître je pense. A qui d'autre auraient-ils confié cette mission ? Pour cela, je devais vivre suffisamment longtemps pour apprendre à voyager dans le passé. Initialement, les cubes devaient rester dans la

306

crypte jusqu'à ce que je vienne les chercher, 390 années plus tard. Seulement les choses ne se sont pas passées comme prévu. J'ai eu la stupide idée de les offrir en offrande à mes parents. Ces étranges objets noirs n'ont pas réussi à m'en empêcher. Ma volonté était plus forte.

- Je ne comprends pas très bien... ces cubes n'existeront jamais ?
- Je ne sais pas mais je suppose qu'ils réapparaîtront comme tous les autres, en état de marche cette fois.
- J'ai beaucoup de mal à vous croire, vous êtes fou.
- Qui est le plus fêlé de nous deux ? lui dis-je en regardant sa nudité. D'ailleurs à propos, il est temps pour moi.

Je me levai et dégrafai ma combinaison. Je me retrouvai moi aussi, totalement nu. Yo était médusé. Je pliai le vêtement et y mis le feu.

- Arrêtez ! vous êtes fou !

Yo s'était levé pour éteindre l'incendie. Je lui fis barrage et nous regardâmes le fil d'Ariane disparaître.

307

- Tu as peut-être raison, je dois être un peu dérangé, lui dis-je en souriant.
- Pourquoi avez-vous fait ça ? vous êtes encore jeune, dit Yo sans plus savoir où il était.
- 408 ans, ce n'est plus très jeune. Regarde, j'ai même quelques cheveux blancs. Ma mission est terminée, où veux-tu que j'aille ? Je suis exténué de ma vie solitaire, de tant de morts qui jalonnent ma route. Tu sais Yo, j'avais espéré en secret que tu donnerais du crédit à mon histoire. J'avais aspiré mourir avec un ami à mes côtés. Mais pardon…peut-être, voudrais-tu rester seul ?

    Yo me regarda, toujours aussi médusé.
- Restez Zo Na Tan.

    Nous regardâmes le ciel silencieusement. Il n'était plus qu'un feu d'artifice grandiose. Sa couleur vira au rouge sombre. Un point d'une extrême blancheur venait d'apparaître à l'Est. Il grossissait à une vitesse vertigineuse.
- Il est assez difficile de croire que la planète se sortira de cette épreuve, me dit Yo.
- Oui, c'est vrai et pourtant elle se porte plutôt bien.

L'ombre nous écrasa littéralement. Tout devint aussi noir que les lucioles de mes parents.